權錢對決

之 2

十億富豪

姜遠方 著

目錄 CONTENTS

第一章

洞房之夜

傅華拿起手錶，馮葵瞅了他一眼，說：
「你看時間幹什麼，想回去啦？
老公，今晚可是我們洞房之夜，
能不能留下來陪我一晚啊？」
傅華看著馮葵乞求的眼神，有些不忍，說：
「好吧，我今晚就留在這裏不回去了。」

他們一直玩到十二點多才打道回府，回到海川大酒店已經是半夜了。沒想到王尹卻一直等在酒店的大廳裏。

王尹看到傅華，埋怨說：「老弟，你們可算是回來了，我等了你們一晚上了。」

傅華說：「王局長，你這是何苦呢？你等在這裏也沒什麼意義啊，我們玩得很累了，急著回去睡覺，無法奉陪啦。」

王尹苦著臉說：「老弟啊，你這是難為我了，孫市長可是命令我要留住考察團的。你就當幫我的忙，幫我留住他們吧。」

傅華笑笑說：「王局長，你這是難為我才對吧。對不起，我愛莫能助。好了，時間很晚了，你早點回去休息吧。」說完就轉身和徐琛一行人進了電梯，留下一臉錯愕的王尹呆站在那兒。

第二天一早，孫守義剛到辦公室，就看到在那裏等候的王尹。

王尹可憐兮兮地說：「孫市長，北京那個考察團我留不住啊，人家根本就不搭理我。」

孫守義瞪了一眼王尹，說：「你就不能想想辦法嗎？要你這個招商局局長幹什麼吃的啊！」

王尹苦著臉說：「我不是沒想辦法啊，我昨晚在酒店裏等到一點多才等到他們。市長，您也知道問題的根源不在招商局，不解決根本的問題，我就是再有辦法，也解決不了問題的。」

孫守義也知道逼王尹去挽留考察團是難為王尹了，這也不是王尹能解決的。但是考察團撤走對海川市今後的招商引資工作影響很壞，而且海川新區本來還期待靠他們打響第一炮呢。

孫守義一想到問題的根源是在金達那裏，心裏就有點惱火。這時胡俊森也過來煽火說：「市長，趕緊想想辦法啊，好不容易拉來一個考察團，不能就這樣讓他們撤走了啊。」

孫守義沒好氣地說：「想辦法！你不是挺有辦法的嗎，你去把他們留下來啊！」

胡俊森回嘴說：「又不是我把人家惹惱的，這件事的根源在金書記那裏，我看讓金書記出面挽留才是正理兒。」

孫守義心說金達那麼固執的人怎麼肯低這個頭啊？不過胡俊森的話也提醒了孫守義，既然這件事是金達惹出來的，那就把它推給金達好了，有責任也要金達出面負責。

孫守義說：「行，我打電話給金達書記，請他出面處理這件事情好了。」

胡俊森附和說：「是啊，這件事如果處理不好，將來新區發展不起來，金達書記也是有一份責任的。」

孫守義就撥電話給金達，說：「金書記，有件事跟您彙報一下，北京考察團已經放棄考察，準備今天撤走。我們想盡辦法挽留也挽留不了，您看怎麼辦？」

從傅華昨天的態度上，金達早就料到傅華一定會對他有所報復的，因此對考察團要撤離的事倒不意外，就說道：「人家要走就讓他們走吧，我們又不能攔住他們，隨便他們了。」

孫守義聽金達一副無所謂的態度，就說道：「好，那就按照您的指示辦，不去管他們了。」

金達說了聲那就這樣吧，就掛了電話。

掛電話之後，金達開始思考考察團撤走的事，心裏有些不安。不管怎麼說，這件事影響是很不好的，他覺得應該向呂紀通報一聲比較好。

金達就撥通了呂紀的電話，呂紀聽完，脫口就罵道：「愚蠢！金達，你到底有沒有腦子啊？你在做這件事情之前，就沒有先想想會有什麼後果嗎？」

金達沒想到呂紀會這麼不留情面的罵他，急忙解釋說：「呂書記，這事您不瞭解，當時網路上輿情洶湧，我必須儘快做出決斷才能安撫住輿情，否則後果很嚴重。也是為了平息社會大眾的憤怒，我們市委才對傅華從重處罰的，我不認為我們這是做錯了。」

呂紀冷冷地說：「金達，別說得那麼好聽，我又不是三歲的孩子，由得你哄；你說不這麼做後果很嚴重，那你告訴我會有什麼樣的嚴重後果啊？」

「這個，」金達語結了，好半天才說，「反正很嚴重就是了。」

呂紀不禁說：「金達，你也開始學會狡辯啦。以前我覺得你還算老實，現在看來根本就不是那麼一回事。你當我不知道嗎，你這是借機整傅華吧。曲煒說你格局太小，我還覺得他這麼說你有點太重了，現在看，你豈止是格局太小，簡直是狹隘；不但狹隘，而且一點政治頭腦都沒有。」

金達聽呂紀越說越嚴厲，越發的慌張，說了句：「呂書記，我……」卻不知道該說什麼為自己辯解。

呂紀冷笑說：「我什麼？說啊，你不是挺能辯的嗎？給我聽聽你的理由啊?!」

金達語塞了，他再說任何話，只能越發讓呂紀感覺他在狡辯，所以他很明智的閉上了嘴。

呂紀見金達不說話，冷哼了聲說：「怎麼不說啦？金達，你太讓我失望了。現在是什麼狀況你不知道嗎？我馬上就要離開東海，政局馬上就會變天了，你在這麼敏感的時候去開罪傅華幹什麼啊？你是不是以為傅華身後的鄭老、程遠那些老領導都沒用了？我告訴你，他們跟東海省政壇還有很深的聯繫，他們出來隨便講句話就可能讓你栽個大跟頭的。」

呂紀說到這裏嘆了口氣，說：「唉，看來我和郭書記把你提拔的過快也不是一件好事，有點揠苗助長了，搞得你缺乏必要的政治歷練，淨犯一些低級的錯誤。你是不是覺得你很了不起，可以隨意拿捏傅華啊？」

「不是的，呂書記，」金達趕忙為自己的辯解說：「我真的覺得這次傅華應該被處分的。」

呂紀笑說：「金達，究竟是怎麼回事你比我清楚。我要提醒你，你不要以為你比傅華強，實際上你比他差得遠了。以前你整他他沒對你怎麼樣，那是因為他是你的下屬，還給你留幾分面子。現在好了，你把他的束縛都去掉了，就等著他來對付你吧。」

金達嘴硬的說：「我就不相信他能把我這個市委書記怎麼樣。」

呂紀嘆了口氣，說：「是局趣轅下駒耳。幸致位此，乃欲一鳴驚人乎？」說完，就掛了電話。

聽到呂紀說這句話，金達的臉騰地脹紅了，這句話他太熟悉不過了，上回他已經聽傅華說過一次，那次傅華說得還比較婉轉，呂紀卻是直截了當，根本就沒給他留絲毫的情面。

呂紀這是明顯地表達對金達瞧不起，以往雖然呂紀也有批評金達的時候，但那是對他愛之深責之切的表示，今天他則是徹底失望了，因而連話都懶得再說下去，直接就掛了電話。

金達心中有幾分惶恐，他有一種被呂紀拋棄了的感覺，心裏空落落的；以往呂紀是他的精神支柱，有什麼重大的事他都習慣求助於呂紀。現在這根支柱不理他了，以後他可怎麼辦啊？

然而，惶恐過後，金達的心情慢慢平靜下來，便開始對呂紀不滿了，心說：呂紀，你這麼指責我算什麼啊？別自以為是了，你就比我做得好嗎？你的省委書記不也是還沒做滿任期就被人拿下來了嗎？

我已經跟謝精省溝通好，下一步就會成功接任常務副省長了。我這麼年輕就做到常務副省長，可謂前程遠大，未來不知道會升到什麼位置上去，也許還會超過你這個省委書記呢。那時候，我倒要看看誰才是「是局趣轅下駒耳」。

再是你也把傅華看得太厲害了吧，我就不信他能拿我這個市委書記怎麼樣，不錯，傅華是有點小聰明，但是那又怎樣呢，這幾年在駐京辦，他還不是被我吃得死死的。聰明的話，他就給我老實點，不然看我不整死他。

金達想到這裏，嘴角發出一絲獰笑，此刻因為呂紀這麼對他，他更是恨極了傅華，幾乎有種恨不得咬上兩口才解恨的感覺。

此刻的傅華心裏也很不舒服，他正在酒店櫃臺結賬呢。

招商局居然沒有先替考察團結算好費用。之前來海川考察的客商不論談沒談成項目，招商局都會結算相關的費用。這次故意不結算，就是在給傅華眼色看了。

傅華本有心想要發火，想想還是算了，畢竟考察團什麼都沒考察就要撤走也有不對的地方，還是把這口氣忍下來算了，不值得跟這些小人物生氣，那樣太自貶身價了。真要鬥的話，還是衝著金達和孫守義來就好。

於是傅華就想自己埋單，先把這筆賬結了算了，沒想到酒店竟然不同意他簽單，理由是他的駐京辦主任職務已經被免除了，所以沒有簽字權。

正在爭執間，徐琛等人也收拾好各自的行李來到櫃臺，看到這個情形，徐琛就火了，罵道：「這幫孫子還真是現實。當我們花不起這筆錢啊。傅華，這筆賬我先結吧，回頭我再跟這幫孫子慢慢算。」

就拿出一張黑卡，準備遞給櫃臺經理結賬，卻被傅華一把攔住了，「琛哥，不能便宜他們，你等一下，我來處理。」

傅華就掏出手機打給孫守義，說：「市長，我和我的朋友現在要回北京，但是海川大酒店不放我們走，您說該怎麼辦啊？」

孫守義愣了一下，他沒有想到考察團費用結算問題，雖然他對傅華和考察團就這麼離開也很不滿，但是也還沒有因此就吝嗇到不結算這筆費用的意思。

想來這是王尹搞出來的，孫守義心裏罵了句娘，這個王尹真是混賬，幫不上忙不說，還淨添亂。

孫守義知道這幫高官子弟不好得罪，此刻需要趕緊把問題解決了，就說：「傅華，你把手機給櫃臺負責的人，讓我跟他說。」

傅華就把手機給了櫃臺經理，孫守義下命令說：「我是孫守義，這幫客人的費用回頭市政府會派人來結算的，你放行吧。」

有了孫守義的交代，櫃臺經理便不敢再留難傅華，只好放他們離開了。

丁益送他們去機場，到了機場，丁益把一個檔案袋遞給傅華，說：「傅哥，你要的東西，剛從財政局拿出來的。」

傅華知道這是那塊灘塗地塊的相關資料，就把檔案袋收好，拍了拍丁益的肩膀，說：「謝啦。」

上飛機後，傅華心裏有些惆悵，雖然他做了一些安排，但是對下一步究竟要怎麼做，其實很茫然，也沒有一點頭緒，越想越煩躁。

他想到這一切的根源都出於金達，憤憤地拿出手機，不管三七二十一，就發了一條短訊傳給金達，上面的內容是：「是局趣轅下駒耳。幸致位此，乃欲一鳴驚人乎？」正式跟金達宣戰。

傅華站在馮葵的閨房中，看到馮葵在床頭櫃上放著兩支點燃的巨大紅燭，笑說：「小姐，你點這麼大的紅蠟燭幹什麼啊，用得著這麼老土嗎？」

馮葵端了一杯紅酒走了過來，魅惑的說：「一定要的。我知道你不可能離婚娶我，但是我卻很想嫁給你，即使只能在這種只有我們兩人的場合。」

傅華接過紅酒，笑笑說：「這是不是要喝交杯酒啊？」

馮葵笑說：「我不是要跟你喝交杯酒，我是要你先喝了再餵我喝。」

傅華剛想說這有點噁心，馮葵卻已經貼上了他的身體，臉頰貼在他的臉上，歪著頭，眼神迷離的看著他。

馮葵身上有一種含混不清的甜香，像是身上的汗味，又似乎是天然的體香。傅華鼻腔裏滿滿的都是馮葵身上的這種氣息，讓他頓時感覺到熱血上湧，嘴巴變得乾渴，身體也開始有反應起來。

馮葵渾身熾熱若火，飽滿的部位緊貼在他的身上，大腿也貼緊了他的敏感部位磨蹭著，嘴裏邊喃喃的說道：「快點嘛，人家現在可是很渴的啊。」

傅華不再說什麼廢話，將杯中的紅酒一口喝進嘴裏，將杯子放到床頭櫃上，然後低下頭嘴對嘴的去餵給馮葵喝。兩人嘴唇對上的時候，傅華感覺渾身像著了火一樣，馮葵更是渾身扭動個不停，絲毫不管嘴裏的酒流了出來。

紅色的酒液順著馮葵的嘴巴流過脖子，然後順勢流進兩座高峰間的低谷，傅華的嘴追隨著酒液吻在馮葵的脖頸間，馮葵配合著把前胸拱起，讓傅華可以更好地品嘗著那香甜帶著她體味的酒液。同時雙手也沒閒著，動手拉扯著傅華身上的襯衣，傅華扭動著身子配合她把襯衣脫了，隨手將襯衣甩落到地上去。

傅華甩落了襯衣的雙手更加被解放出來，隨即就直接滑進馮葵輕薄的內衣中，撫摸著她光潔溫暖的肌膚，又伸手脫去了馮葵身上的罩衣，眼前馮葵身上就只剩下一件肉色的胸衣，緊緊的包裹著那對隆起的山峰。

傅華喉嚨裏發出了饑渴的低吼聲，雙手野蠻的一用力，硬生生的將馮葵的胸衣給扯了下來。解脫束縛的山峰便蹦了出來，傲然聳立在傅華的面前。

傅華的嘴一路輕吻，由山峰移向小腹，再解開馮葵的褲扣，將最後的衣物一起剝了下來。

一條曼妙無比的美人魚呈現在傅華面前，箭在弦上，已經到了不得不發的程度，他壓抑不住的顫抖著，乾咽了一下唾沫，熱切渴望著馬上就徹底的擁有她。

傅華撲了上去，馮葵早已敞開花徑等待著傅華的降臨，兩人彷佛置身太虛幻境，美妙到有一種虛幻不真實的感覺。

傅華的大腦已經一片空白，沒有了意識，沒有了呼吸，有的只是對馮葵瘋狂的渴求。他想用自己填滿馮葵身體的空虛，感受到他在這個世界上的真實存在。

快樂的浪潮一波接一波的湧起，終於到達巔峰，他和懷裏的女人都融化了。

好長一段時間之後，傅華才從那種無意識的狀態中醒過來，就看到馮葵正枕著他的胳膊，眼睛微瞇，緊貼著他的身體，一副神情陶醉的樣子。

兩人就這麼依偎著，忽然馮葵想起什麼似的，伸手去扭住傅華的鼻子，嗔道：「你個壞蛋，你不是答應我這次讓我在上面的嗎？」

傅華笑了起來，說：「這不能怪我吧，剛才你只顧著陶醉了，可沒有要求這個福利的。」

馮葵拍了自己一下，說：「對啊，我怎麼把這麼重要的事給忘了呢？」

傅華不禁問說：「這對你真的很重要嗎？」

馮葵點點頭，說：「是的，我想要有一次真正掌控你的感受。」

傅華笑說：「行，那我成全你，你現在上來吧。」

馮葵卻搖搖頭說：「現在不行，剛才已經耗盡了我的精神，現在上去，感覺也不會很好的，那跟我想要的差得很遠。算了，我們還是這麼抱著說說話吧。老公！」

傅華愣了一下，說：「誒，等等，怎麼叫起老公來了？」

馮葵笑笑說：「我們剛才已經在紅燭下洞房了，我不叫你老公又叫你什麼？」

傅華想想也覺得虧欠了馮葵，這樣一個出身名門的名媛沒什麼名目的跟他在一起，在私下的場合叫聲老公也算是一種心理補償了。

傅華便說：「行，你愛叫就叫吧。不過你可別叫順了嘴，在別人面前也這麼叫。」

馮葵說：「你在害怕什麼啊，你都被人給免職了，朋友場合叫，別人也只會當做玩笑的。」

傅華只好說：「好好，隨便你了。」

馮葵高興地說：「這麼說你認可了？」

傅華點點頭，說：「我已經被你賴上了，不認可也不行啊。」

馮葵甜甜地說：「那你叫我幾聲親親老婆聽聽。」

傅華看馮葵正在興頭上，就笑著叫了幾聲親親老婆，馮葵答應著，一邊回叫傅華作親親老公。

傅華笑著答應，然後警告說：「好了，現在你做我老婆了，我可要跟你約法三章了。」

馮葵順從地說：「老公你說吧，我一定嚴格遵守的。」

傅華正色說：「首先，你要守婦道，再像那次我見到你在酒吧那樣子勾搭男人可不行。」

馮葵點頭說：「這我可以答應你，因為我很難再遇到像老公你這樣能讓我那麼動心的男人了。」

傅華問：「那萬一你真的再遇到了呢？」

馮葵笑說：「簡單，我會先跟你離婚，然後再去勾搭他。」

傅華被逗得哈哈大笑了起來，點著馮葵的鼻子說：「你這個水性楊花的女人，想不到我們還可以離婚啊，你真是狡猾。」

馮葵笑說：「能結婚當然也就能離婚了，這有什麼可奇怪的。你的約法第二章呢？」

傅華說：「既然我是你老公了，以後你要尊重我，不准在我面前擺大姐大的架子。」

馮葵嘆說：「我就是想擺也擺不出來啊，老公，你不知道，在你面前我覺得自己是個小女人，感覺在你面前什麼可以都不用管，什麼都可以依賴你。很奇怪，就是在我父母面前，我也從來沒有這種感覺。老公，你對我是一個什麼感覺啊？」

傅華看著馮葵說：「我對你的感覺也很詭異，我對男女間的事是很嚴謹的，也曾經有女人向我示好過，但我都能守住自己，唯獨在你面前，我完全沒有控制能力。」

馮葵不禁質問：「你說向你示好的女人，這裏面是不是包括高芸啊？」

傅華笑說：「好了，別去扯高芸了，我跟她沒什麼的。」

馮葵灑脫地說：「就算你跟她有什麼我也無所謂的，老公啊，要不要我想辦法幫你把高芸也弄上，我們倆一起服侍你好不好啊？」

傅華忍不住伸手彈了一下馮葵的腦門，笑罵道：「真不知道你這個小腦袋裏在想什麼，這種事你也能想得出來！」

馮葵說：「我覺得我一個人被你騙上手了有點虧，如果能再拉上高芸作伴，我心裏就平衡多了。」

傅華笑說：「你個傢伙，原來是存著這樣的壞心思啊。」

傅華說話時順手拿起手錶看了看時間，馮葵瞅了他一眼，說：「你看時間幹什麼，想回去啦？老公，今晚可是我們洞房之夜，能不能留下來陪我一晚啊？」

傅華看馮葵用乞求的眼神看著他，有些不忍，遲疑了一下，說：「好吧，我今晚就留在這裏不回去了。」

馮葵沒想到傅華居然真的答應留下來，愣了一下說：「老公，你不會是跟老大吵架了吧？」

傅華搖搖頭說：「吵架是沒有啦，她不知道我回北京了。」

馮葵說：「怎麼可能，我打電話給你的時候，你不是說在家裏嗎？」

傅華說：「是啊，我是在家裏，但是她不在家啊，我離開北京這幾天，她帶著孩子去爺爺家住了。」

馮葵狐疑地說：「你不會是故意不通知她你回北京了，好留出一天時間跟我幽會吧？」

傅華笑笑說：「我很想說是，但是你相信嗎？」

馮葵搖搖頭，說：「我不信，你不是會動這種腦筋的人。究竟怎麼回事啊？」

馮葵還真瞭解他！傅華說：「我確實不是動這種腦筋的人。今天我並沒有先回家，而是先去駐京辦，把交接手續辦了，忙到傍晚才回家，進門後才知道她和兒子不在家，正想跟她聯絡時，你的電話就打了過來。」

馮葵看了看傅華，說：「我怎麼聽起來好像你們這幾天都沒聯絡的樣子啊，那她知道你被免職了嗎？」

傅華有些落寞地說：「我也不清楚，反正她沒有打電話來問我這件事。她現在工作很多，顧不上我的。」

被免職對傅華來說算是一個不小的打擊，而鄭莉卻好像對此完全狀況外的樣子，這讓傅華覺得他在鄭莉心中越來越不重要了。

馮葵忍不住說：「再忙也不能不顧自己的老公啊！誒，老公，我看你跟老大之間似乎存在著問題啊。」

傅華看了看馮葵，笑說：「這意味著你的機會來了啊，你想不想篡位啊？」

馮葵搖搖頭，說：「曾經有那麼一瞬間，我很想能夠跟你光明正大的在一起，不過後來認真的想了想，我發現我真的不可能去做那種洗手作羹湯的小女人。那樣也許沒幾天我就煩了，所以我還是做你的小三吧，這樣你還會很疼我愛我的。」

傅華對馮葵的一些奇思怪想已經有些適應了，所以沒說什麼，兩人出現了短暫的沉默。

第二章

連環計

傅華點點頭：「這件事情要動員很多力量，
讓他們互相串連在一起才能起到狙擊金達的作用。」
「你想用三十六計中的連環計啊？」馮葵開玩笑說。
傅華看了馮葵一眼，笑說：「你也知道連環計？」

馮葵看著傅華，問道：「老公，你下一步打算怎麼辦啊？」

「事情發生的太快，我還沒有時間認真地想下一步該怎麼辦，誒，老婆，你說我該怎麼辦啊？」傅華反問道。

馮葵想了想說：「那就要看你怎麼想了。你是想繼續在官場上打拼呢，還是想換個跑道，在商界求發展呢？如果你想進入商界的話，可以來我的公司，我會安排給你一個總經理幹。」

傅華笑說：「那這個總經理比你的職位高嗎？」

馮葵笑了笑說：「私下跟我在一起的時候，你當然比我高了。」

傅華說：「那也就是說你職位比我高嘍，那我可不幹，再說，我也不想靠女人吃軟飯。」

馮葵聽了說：「那你如果不想離開官場也好辦，馮家在北京不少地方都有人脈，小官還是能幫你找一個來做的。」

傅華想了一下，說：「這也不好，就這樣離開海川駐京辦，我身上始終會背著一個被免職的標籤，這個問題如果解決不了，我是不會另謀高就的。」

馮葵不禁說：「你這也不行，那也不行的，究竟想怎麼樣啊？難不成你還想讓他們給你平反？老公，你也是官場中人，應該知道那些領導都是些死要面子的傢伙，明知道錯了他們也不會認錯的。所以你想要他們幫你平反，可能性太低了。」

傅華說：「這我也知道。我現在猶豫的是，如果他們不肯認錯的話，我是不是可以打得他們認錯，甚至想辦法把他們弄下臺，換上別的人來幫我平反。」

馮葵笑了起來，說：「這談何容易啊，組織部門又不是你家開的，你想換就能換啊？」

傅華很有自信的說：「運作好了肯定可以的。」

馮葵看著傅華，歪著頭說：「你這個笑容我見過，你玩梭哈贏睢才熹的時候就是這個表情。你知道嗎，老公，這是你最有魅力的時候，我當時看到你這樣子的表情，渾身都酥了。」

傅華取笑說：「好啦，你就別花癡了。」

馮葵說：「我就是說說自己的感受嘛，誒，是不是你心中已經有了對付他們的主意了？」

傅華說：「大方向是有了，但是一些具體的操作思路還沒有想清楚。你

知道我現在是敗軍之將，沒有多少本錢去揮霍。而且要動一個市委書記，並不是一件容易的事，何況這個市委書記上升的勢頭還很猛，據說他很可能要升到省裏做常務副省長了。」

馮葵聽了說：「這可就有點難了，要進入省部級的領導行列，沒有一點高層關係是根本不可能的，你動他，實際上是等於在動他身後的那個人，這可不是你的層級能夠達到的。」

傅華說：「所以我的第一步計畫就是狙擊他，不讓他如願成為省部級的領導。」

馮葵說：「這個也不容易啊，你想狙擊他，必須要能影響到北京的高層領導才行。你有把握嗎？」

傅華搖搖頭說：「沒有，雖然田漢傑跟我說他會讓他父親幫我，但是他父親能幫到什麼程度，這個我心中也沒什麼底。」

馮葵說：「你的顧慮是有道理的，田漢傑的父親雖然是副部長，卻還不具備決定性的影響力，你如果把希望完全寄託在他身上，恐怕最終會失望的。」

傅華點點頭：「這我也明白，所以我做這件事情要動員很多力量，讓他們互相串連在一起才能起到狙擊金達的作用。」

「你想用三十六計中的連環計啊？」馮葵開玩笑說。

傅華看了馮葵一眼，笑說：「你也知道連環計？」

馮葵笑說：「這就要歸功於我爺爺了，他老人家原本期待我能做一個花木蘭的，所以從小讓我背了不少的兵書。可惜我後來並沒有真的如他老人家所願成為一個軍人。不過我背的這些東西也沒浪費，後來我在商界打拼，這些東西給了我不少的幫助。」

傅華聽了說：「難怪你經商這麼成功，原來是在用兵法策略作經商的參考。我確實是想用連環計來對付金達。對金達來說，我現在勢單力薄，根本就無力跟他直接對抗，田漢傑父親那邊只是我想用的其中一個力量而已，我還需要動用其他力量協助我，才能有足夠的能力把金達給狙擊下來。」

馮葵問：「這個其他的力量，你有想法了嗎？」

傅華點點頭說：「有，不過要怎麼做我還沒想好。裏面還有一個關鍵性的問題，那就是不論做什麼、怎麼做，我是不能站在前臺的。」

馮葵同意說：「是啊，官場上可是不喜歡那種揭發別人的官員的，很多這樣做的人下場都很不好，你如果還想留在海川的話，確實是不適合站在前臺。」

這一晚，傅華就留宿在馮葵的閨房裏，鄭莉居然也沒動靜，大概是還不知道他回北京了，否則看到他帶回家的物品，應該會打電話找他才對。

起床的時候已經快十點了，馮葵簡單的做了點早餐，傅華拿起自己的手機看了看，自嘲說：「現在的人真現實，看我被免職了，居然連電話都不打一個過來。」

馮葵笑說：「怎麼，那個小破官丟了，就這樣子讓你失落啊？」

傅華說：「也不是啦，就是忙慣了一下子閒不下來，有點不適應。」

這時，手機卻突然響了起來，把傅華嚇了一跳，手不由自主的抖了一下。

馮葵取笑說：「真有意思啊，你跟睢才燾賭兩千萬的時候，眼睛連眨都沒眨，這時候卻被一個電話給嚇成這樣。」

傅華笑了笑沒說什麼，看看來電顯示，是丁益打來的。

丁益說：「傅哥，你知道嗎，金達住院了。」

傅華大感詫異地說：「我在海川看到他的時候氣色還很好啊，怎麼會住院了呢？」

丁益說：「這事很是蹊蹺，據說當時金達正在聽一位下屬彙報工作，不知道是誰發來一封短訊，他看了大怒，嘴裏直嚷道：你才是局趣轅下駒呢，然後就狠狠的將手機摔到地上，手機被摔得四分五裂，然後人就嘴眼歪斜，軟軟的倒在地上了。」

傅華大吃一驚，說：「金達中風了？」

丁益說：「對啊，他被送到醫院急救，醫生說是輕微中風，是因為過度的情緒波動形成的腦血栓。幸虧發現及時，打了針之後，狀況穩定下來了。」

傅華又問：「那他沒什麼大礙吧？」

丁益說：「大礙倒沒有，只是嘴和眼都有點歪，看到的人說現在金達的臉看上去有點滑稽。」

傅華笑笑說：「那無所謂，反正也不妨礙他繼續做這個市委書記，只要能保住他的官職，其他的，金達都不會在乎的。」

丁益聽了笑說：「這倒是，只是很奇怪，他為什麼會被那麼一句話氣成這樣啊，我問了一下別人，說這句話是諷刺金達沒見過世面、沒什麼能力的意思，他身為市委書記，每天不知道有多少人罵他，怎麼會為了這麼一句不輕不重的話氣出病來？」

傅華心知這封短訊是他發的，但是他也很納悶金達怎麼會因為這句話就氣到中風，傅華不知道的是，金達之所以會反應這麼大，是因為之前金達正好也被呂紀狠罵了這句「是局趣轅下駒耳」，因而成了壓倒駱駝的最後一根稻草，累積的怒氣徹底爆發所致。

傅華不想承認短訊是他發的，就隨口說：「真是很奇怪啊。」

丁益卻八卦地說：「傅哥，你知道嗎，現在外面都在傳這件事與你有關呢。」

傅華愣一下，裝糊塗地說：「這與我有什麼關係啊，那個時候，我應該正在飛往北京的飛機上呢。」

丁益說：「倒不是說你直接害他的，人們瘋傳說這是金達對你忘恩負義，遭到了報應。許多人都覺得你被免職十分冤枉，當初你還幫過金達那麼大的忙，他卻這麼對你，實在是太過分了，所以連老天都看不下去，才會讓他中風的。」

傅華笑說：「他會中風是身體不健康，與老天爺的懲罰有什麼關係啊？」

丁益相信地說：「雖然沒有關係，但是這起碼說明人心所向，也代表與論對金達這次的做法是很不滿的。」

傅華感嘆說：「是啊，現在的金達已經不是當年的金達了，變得越來越唯我獨尊，希望這次中風能讓他稍稍的清醒一點。」

兩人又扯了幾句閒話，丁益才掛了電話。

放下手機，傅華哈哈大笑起來。

馮葵納悶的看著傅華說：「老公，他不過是輕微中風而已，你幹嘛高興成這樣啊？咦，不對，該不會他接到的那封短訊是你發的吧？」

傅華老實承認了：「就是我發的。老婆啊，你會不會覺得我這樣很幸災樂禍啊？」

馮葵指著傅華說：「你這樣豈止是幸災樂禍，簡直是很小人啊。」

傅華說：「我也知道我這樣很不應該，但我就是控制不住的想要高興一下，這個混蛋也有遭報應的一天，哼。」

馮葵好奇地說：「不過你也太厲害了吧，一封短訊就把他給氣到中風，你究竟在短訊裏說了什麼啊？」

傅華說：「很簡單，我說他不過是一個沒見過世面、沒能力的人，只是靠運氣才登上了市委書記的寶座。」

馮葵納悶地說：「這沒什麼吧，至於把他氣成這樣嗎？」

傅華也不解地說：「我也沒想到他會反應這麼激烈，只能說他的氣量實在是太小了點。」

馮葵使壞地說：「誒，老公，你如果這時候再打電話去問候一下他的病情，恐怕你也不用再費什麼心思去狙擊他上位了，搞不好他會直接在醫院出不來啦。」

傅華看了馮葵一眼，笑說：「誒，你的心也太狠了點吧？你這招可是會要他的命的。」

馮葵笑笑說：「對敵人仁慈就是對自己的殘忍，你不會因為他病了，就準備放棄對他的狙擊了吧？」

傅華遲疑了一下說：「雖然他病了，但是我的困境並沒有因此有絲毫的改變，所以該做的事我還是會做的。」

東海省委，呂紀辦公室。

呂紀正在批閱公文，曲煒敲門走了進來。呂紀抬頭看了眼曲煒，說：「有事啊，老曲。」

曲煒說：「有件事想跟您報告一下，金達書記突然生病住院了。」

呂紀訝異地說：「怎麼回事啊？金達的身體不是挺健康的嘛，怎麼突然病了？」

曲煒說：「聽說他本來好好的，不知道怎麼突然暴怒起來，嘴裏直嚷著什麼局趣蟥下駒的，還把手機都摔了，然後人就中風了。好在是輕微中風，經過治療已無大礙。」

「什麼?!」呂紀驚叫了起來，說：「老曲，你再說一遍金達在中風前嚷的是什麼？」

曲煒說：「什麼局趣蟥下駒之類的，呂書記，這很重要嗎？」

呂紀搖搖頭說：「我昨天正是拿這句話批評過金達，恐怕他心中對我有看法了。」

呂紀的神情變得有些落寞，金達是他一手提拔起來的，在他即將要離開東海省省委書記崗位之前，竟敢用這種幾乎公開的方式對他表達不滿，說明他這個省委書記在東海省已經沒什麼威信可言了，這讓呂紀有一種樹倒猢猻散的感覺。

曲煒跟呂紀配合多年，呂紀在想什麼，曲煒不用問也清楚，便勸慰說：「我早就跟您說過了，金達的格局很小。您就別生氣了，不值得為他這種上不了臺面的人生氣的。」

呂紀失望地說：「我豈止是生氣，我是心痛啊。你也看到了，郭奎書記和我一路上對金達是多麼扶持，可以說沒有我和郭書記，就沒有今天的金達。現在倒好，我還沒離開呢，不過說了他幾句重話而已，他就弄出這個架勢給我看了。」

曲煒說：「呂書記，金達這麼做我一點都不意外，不說別的，看他怎麼對傅華就明白了，您知道，當初傅華也是幫了他不少忙的。」

呂紀感慨說：「是啊，我是被這傢伙的表象給迷惑住了，所以雖然覺得他對傅華有點過分，卻也沒往忘恩負義這方面去想。現在我就要被人從海川擠出去，考驗他的時候到了，他馬上就露出原形來了。」

曲煒猜說：「可能金達感覺您無法再給他提供幫助了吧，我聽到一個消息，說是金達和北京的謝精省副部長搭上了關係，這次可能會接替孟副省長，出任東海省的常務副省長呢。」

呂紀說：「他在北京找到關係這件事倒是跟我說過，不過我認為他有點把事情想得太簡單了。常務副省長可是很重要的職務，高層不會只憑一個謝精省的推薦就讓他拿到這個職務的。金達的能力也不能勝任這個位置，所以他究竟能不能如願還很難說呢。唉，老曲啊，其實在我心中，你才是這個常務副省長的合適人選，可惜我很快就要離開東海了，已經無法幫你完成這個目標了。」

曲煒趕忙說：「能不能到這個位置轉我並不在乎，我一個犯過錯的官員在您的幫助下能夠做到省委秘書長的位置，已經很知足了。倒是您，難道就這麼甘心離開東海嗎？」

呂紀愣了一下，看著曲煒說：「老曲，你這話什麼意思啊，我當然不甘心了，只是，我不甘心又能怎麼樣呢？這是高層已經決定的事，我除了接受，也沒其他的辦法。」

曲煒暗示說：「話不能這麼說，官場上的事不到最後，都無法說就是定局了。」

呂紀疑惑的說：「這麼說你有辦法讓我可以留下來？」

曲煒說：「辦法不是沒有，就要看您想不想去做了。」

呂紀猶豫了一下，雖然擾亂高層的佈局可能會帶來政治上的風險，不過要他就這麼黯然離開，等於是提前養老去，自然也有所不甘，於是忍不住問：「什麼辦法啊，你說來聽聽。」

曲煒說出他的想法：「您應該明白您這次被調職，只不過是為了給鄧子峰騰位置罷了。假如鄧子峰並不如高層想像的那麼好呢？有沒有可能您就不需要騰這個位子了？」

呂紀愣了一下，「這是不無可能的，但是要如何去做呢？」

曲煒沒有直接回答呂紀的問題，繼續說：「再是高層不是一直覺得您的魄力不足嗎？那您是不是乾脆做點有魄力的事情出來給高層看看，比方說搞一次轟轟烈烈的打擊行動。相信您如果把這個行動搞好的話，一定會令上面刮目相看的。」

呂紀質疑說：「老曲啊，這個影響層面太大了，你知道我在東海省的時間不多，要全面鋪開的話，恐怕來不及的。」

曲煒獻計說：「其實不用全面鋪開，找好幾個切入點就可以了，比方說齊東市，或者東桓市，我相信只要選好切入點，局面馬上就會打開的。」

東桓市是孟副省長起家的地方，算是孟副省長的根據地之一。曲煒選擇東桓市，不用說目標人物一定是孟副省長了；但是他提出齊東市，呂紀就有些不解了，齊東市以前的市長是王雙河，才被換掉不久，這傢伙可是他的嫡系人馬之一，曲煒點出這個，難道是讓他對自己人下手嗎？

呂紀便問道：「老曲，你說說看，這兩個市我需要怎麼去切入啊？」

曲煒分析說：「東桓市前段時間出了一個常務副市長裘新受賄的案子，這個案子最後不了了之了，其實裘新和東桓市的市長盧丁山、孟副省長是一條線上的。當初這個案子會不了了之，也是因為孟副省長干涉的緣故，所以我認為可以做做文章。尤其是那個盧丁山，其實是個膽子很小的人，以他為突破口，這個案子應該就能查清楚的。」

呂紀最近對孟副省長也十分不滿，孟副省長幾乎全面倒向鄧子峰一邊，兩人互相呼應，完全掌控了東海省的局面。如果能夠想辦法整治一下孟副省長，就算不能扳倒孟副省長，起碼讓他不敢再繼續呼應鄧子峰，按曲煒所說的，用東桓市和盧丁山作為切入點，倒是可以操作一下。

「東桓市這邊我知道你的想法了，那齊東市又是怎麼一回事啊？」呂紀又問。

曲煒笑笑說：「齊東市機場的承建商是北京來的振東集團，集團老總蘇南跟鄧省長關係密切，據說鄧省長也過問過機場的建設，對這個項目很重視，做過不少的批示。」

呂紀明白曲煒的意思了，齊東市機場是在王雙河主持下招標的，而王雙河的手腳並不乾淨，難說振東集團跟王雙河間一點違規的行為都沒有。由振東集團便可以引向鄧子峰。如果真的查出問題，鄧子峰在其間的角色就很尷尬了，這也許真能阻礙鄧子峰上位也不一定。

只是讓呂紀為難的是，如果要查齊東市的話，第一個要查的人就是王雙河了，這有點對付自己人的味道。讓呂紀有點下不了決心，他可不想還沒整到鄧子峰，先把自己人給整了。

呂紀就猶豫地說：「老曲，這件事你容我想一想吧。」

曲煒看看呂紀，這是呂紀沒有魄力的地方了，眼見他就要被從東海擠走了，他還優柔寡斷，恐怕等他考慮清楚後，什麼都完了。

曲煒不禁勸說：「呂書記，當斷不斷，必受其亂的。」

呂紀卻沒有下定決心，仍是說：「好了，老曲，你給我一點時間思考一下吧。」

曲煒就不再勸說什麼了，說了聲：「那好呂書記，我先出去了。」

曲煒離開呂紀的辦公室後，呂紀坐在那裏陷入了沉思。他權衡著曲煒的建議，如果按照曲煒的建議去做，那他面臨的將是一場賭博，賭贏了，他就有可能保住東海省省委書記的寶座。但是萬一賭輸了呢？

呂紀把可能發生的狀況全面想了一遍，心想如果賭輸的話，最壞的結果也就是被擠出海川而已，這跟不賭的結果是一樣的。也就是說，即使賭輸了，他也不會損失什麼。既然這樣，為什麼不跟鄧子峰、孟副省長好好地賭上一把呢？話說這段時間他受這兩個鳥人的氣也不少，也該是他反戈一擊的時候了。

不過，這樣算是打亂了高層對東海省的佈局，高層會不會因此對他有看法，反而加快讓他去賦閒的速度呢？呂紀又有些猶豫了起來。

正當呂紀患得患失的時候，桌上的電話響了起來，是鄧子峰打來的。呂紀接了電話：「什麼事啊，老鄧。」

鄧子峰說：「我有件事想跟您彙報一下，您有時間嗎？」

呂紀說：「有，你過來吧。」

第三章

至理名言

胡瑜非說：「不但很有哲理，也很有用，
特別是對你們這些官場中人，你知道嗎，
我那位朋友出身工人家庭，沒有絲毫的背景，
卻在官場上混得風生水起，竄得很快，
靠的就是他這句至理名言了。」

鄧子峰過來呂紀的辦公室，坐下之後，鄧子峰說：「呂書記，我想跟您彙報海川設立新區的問題。海川市的同志們認為省裏對海川市的支持力度不夠。」

呂紀看了鄧子峰一眼，有點不滿的說：「你說的同志是指胡俊森吧，老鄧，你究竟想說什麼？直截了當的說吧。」

一開始呂紀就反對海川開闢新區，鄧子峰對呂紀的態度倒不意外，便繼續說道：「海川市的同志希望省裏能夠給他們一些政策上的支持，最好是能讓這個新區成為省級開發新區。」

「什麼！」呂紀叫道：「省級開發新區？現在這個新區還什麼都沒有呢，胡俊森居然就想搞省級的開發新區了?!他要省裏給他支持，支持什麼啊，那片開發區還一個項目都沒進駐呢，要省裏拿錢去支持一片空地嗎？老鄧啊，不是我說你，你在這件事情上的處理實在有點太輕率了。」

鄧子峰看呂紀態度突然變得強硬起來，愣了一下，笑笑說：「我是認為開闢新區對海川市的發展很有好處，所以才支持他們的。」

呂紀看了鄧子峰一眼，說：「老鄧，你來東海省後，我想我們搭班子配合的還不錯吧？」

鄧子峰點點頭，說：「您對我的工作一直都很支持的。」

「既然這樣，為什麼你在設立新區這件事情上一直跟我唱反調呢？我不支持這個項目是有我的原因的。是不是外傳我要離開東海省了，你就覺得可以不尊重我了啊？」呂紀反問道。

呂紀的話很直接，讓鄧子峰很是意外，心裏腹誹道：你讓我尊重你，也得有讓我尊重你的本錢啊，你都快離開東海了，跟我耍什麼省委書記的威風啊。嘴上卻說：

「您對我有些誤會了，我這個人有一點很不好，在工作上太過較真，認為對的就很堅持，所以可能忽略了您的感受。對不起，如果有冒犯您的地方還請您原諒。」

呂紀感覺鄧子峰的話一點誠意都沒有，而且還充滿了對他輕蔑的意味。他覺得自己對鄧子峰實在是太過忍讓了，但是忍讓不但沒換來他的尊重，反而越發讓鄧子峰看輕他，也許真是該給他一點教訓的時候了。

呂紀心中暗自發狠決定要好好教訓一下鄧子峰，面上卻也和顏悅色地說：「老鄧啊，既然是工作上的分歧，那就沒必要說對不起了，大家都是為了把東海省搞好嘛。至於把海川新區提高到省級開發新區這件事，我是不贊同的，新區像是一個新生嬰兒，還需要成長的階段，不能一下子硬是強拉他長成為一個成年人的。」

鄧子峰反駁說：「您的觀點我不贊同，不錯，新區是個新生嬰兒，但嬰兒正是需要母乳餵養的時候，我們正應該給他們政策的母乳，讓他們茁壯成長起來才對。」

呂紀說：「可是給他們太多政策的母乳也是不行的，光有政策是不會帶來項目的，也會讓他們太過依賴政策，只要一發展的不好，他們就向上面伸手要政策。別的不說吧，就說這次傅華帶回來的考察團，人都帶到海川來了，但是海川市政府做了什麼？什麼都沒做！反而讓考察團對海川產生反感，連考察都沒考察就回北京了。」

呂紀停頓了一下，譏諷的繼續說道：「這難道也是政策的問題嗎？這是海川市領導班子對招商引資不夠重視的問題，這樣的領導班子，你給他們再好的政策，恐怕也見不到實際的效益的。」

呂紀重話批評海川市領導班子，讓鄧子峰十分錯愕，呂紀一向極為維護金達，怎麼這次居然連金達也罵進去了。這很反常啊。

考察團直接撤走的事，鄧子峰也聽聞了，他認為真正的原因是在傅華身上，傅華的主任一職被金達免除，激怒了傅華，所以搞出考察團撤走來報復金達。

鄧子峰便說：「考察團撤走的事是偶發事件，並不能說明海川市領導班子在招商引資工作方面不夠努力啊。」

呂紀冷笑說：「老鄧啊，你這個省長對海川市的要求是不是太寬鬆了？好，你說他們努力了，那你告訴我他們努力在什麼地方？除了努力在你這裏爭取政策支持這一點外，你能告訴我海川新區現在有任何一個項目要落戶的嗎？好，我可以放寬要求，只要有意向在談的投資商也算，有嗎？」

鄧子峰不說話了，對呂紀的質問他無力辯駁，不禁暗罵金達混蛋，害得好好一樁美事破局了。他甚至懷疑金達將傅華免職是破壞新區發展的陰謀，搞不好背後還是呂紀授意的，現在呂紀在他面前大罵金達，不過是演給他看的苦肉計罷了。

呂紀接著說道：「當初金達跟我談這個新區的時候，我是持不贊成的態度的，原因很簡單，你看看國內現在大小城市中，哪個沒有這個區那個區的，雖然名目繁多，其實都是為了招商引資玩的把戲。這種把戲玩得太多就失去了它的吸引力了，加上能來投資的客商也有限，造成很多開發區都是閒

置的狀態，所以我不想看海川重蹈覆轍。」

說到這裏，呂紀又嘆了口氣說：「本來金達也接受我的看法，但是你倒好，被那個胡俊森三句話一糊弄，居然冒失的對這個新區表示支持，讓海川市又看到了新的希望，就拿著你的令箭重新把新區的籌建工作啟動了起來。老鄧啊，這裏我不得不批評你，你既然承認我對你的工作很支持，為什麼這件事你就不能跟我溝通一下意見呢？那麼急著表態幹什麼？你這樣做，甚至讓我懷疑你不是因為工作，而是另有企圖。」

呂紀剛才批評的話，字字句句都抓在理上，讓鄧子峰就是想反駁也沒有理由可反駁。看來他被這段時間呂紀的示弱給蒙蔽了，以為自己已經掌控了東海省的大局，可以隨便拿捏呂紀了，哪知道根本就不是想像中的那樣。

鄧子峰暗生警惕，有意要跟呂紀緩和一下關係，便笑說：「呂書記，您這麼說我才知道我做錯了，真對不起啊，您看，一開始我就跟您說了，我這個人最大的毛病就是對工作太較真了，有些事只要認為是對的，就會迫不及待的去做，有時就會忽視跟領導和同事的溝通工作。這我認錯，我承認海川新區這件事我確實有欠考慮。」

呂紀見鄧子峰有些畏懼退縮了，越發堅定了要出手對付鄧子峰和孟副省長的決心。他對鄧子峰也有了更深刻的認識，這是個狡猾善變的傢伙，此刻他如果不去對付鄧子峰，讓鄧子峰順利接任省委書記，那將來他留在東海的呂系人馬將會遭受滅頂之災。

不過動手前，他不能打草驚蛇，就笑了一下說：「老鄧，跟你說了不要說對不起嘛，工作上有分歧，說開了就沒事了。既然你也認同我對新區的看法，那要把它上升到省級開發新區的事是不是就算了？」

鄧子峰示好說：「那就算了，這個新區確實有不成熟的地方，我贊同您的看法，還是等它長大一點我們再來考慮這個問題吧。行，您忙，我回辦公室了。」

鄧子峰離開了呂紀的辦公室，呂紀臉上露出一絲冷笑：你說算了，我還不算呢！等我做幾個大動作給你們瞧瞧，展現一下我的魄力。

呂紀就抓起電話打給曲煒，說：「老曲，你過來一下，剛才你跟我說的事，我們好好合計合計，看究竟怎麼做才合適。」

曲煒知道呂紀終於下定決心了，立即說：「我馬上過去。」

北京，笙篁雅舍。

傅華吃完早餐就跟馮葵分手，匆忙回到家中，他擔心被鄭莉發現他昨晚一夜未歸。進家門一看，家裏依然是冷清清的，他帶回來的東西原樣沒動，看來昨晚鄭莉也沒回來。

鬆口氣的同時，傅華不免有點失落，拿出手機打了鄭莉的電話。

「有事啊？」鄭莉接通了說。

傅華說：「小莉，我從海川回來了。傅瑾怎麼不在家啊？」

鄭莉說：「我帶他去爺爺家住了，既然你回來了，那回頭你去把傅瑾接回家，保姆也在爺爺家。」

傅華想把自己被免職的事跟鄭莉說一聲，正想開口時，就聽鄭莉急急地說：「好了，老公，我沒時間跟你說話了，我還有工作等著要做呢，有什麼事晚上等我回家再說吧，掛了啊。」說完就掛了電話。

傅華拿著手機一陣錯愕，嘆氣說：「這就是找一個事業有成的老婆的下場，連訴苦人家都沒時間聽。」

更讓傅華鬱悶的是，他不知道在家中能做什麼。往常有工作打發時間，他從不覺得日子無聊，現在工作沒了，日子就變得難熬了起來。

在家裏呆坐了半天，他的手機終於響了起來，是胡瑜非打來的。

「傅華，在幹嘛呢？」

傅華說：「正在發呆呢，胡叔找我有事啊？」

胡瑜非笑笑說：「既然沒事，你過來陪我聊聊天吧，我在家裏。」

傅華答應說：「行，我一會兒過去。」

傅華去了胡瑜非家，一見面傅華就說：「不好意思啊，胡叔，這次害東強白跑了一趟。」

胡瑜非搖頭說：「別這麼客氣，說起來要不是東強帶的那幫人搞事，你也不會被免職的。」

傅華說：「根源並不在東強這幫朋友鬧事上，這是我自己種下的因，是我跟某位領導關係不睦，這次不過是給了他一個整我的機會罷了。」

胡瑜非好奇地說：「究竟怎麼回事啊？」

傅華嘆說：「陳年往事了，不說也罷。」

胡瑜非說：「說來聽聽嘛，我們是閒聊，就當是談資了。」

傅華聽了，說：「那我就說給您聽，不過您可別笑我啊。」

傅華就把他跟金達之間的恩怨原原本本告訴了胡瑜非。

胡瑜非聽完，說：「好人難做啊。聽了你跟這個市委書記結怨的經過，讓我想起我以前一位也在官場上混的朋友。」

傅華笑說：「難道他也跟我遭遇到同樣的事？」

胡瑜非笑笑說：「那倒不是，我那位朋友很睿智，才不會像你一樣陷入窘境。我記得他跟我說過一句很令我印象深刻的話，現在對照你的遭遇，越發讓我感覺他那句話說的真是太正確了。」

傅華大感好奇，說：「能讓胡叔都印象深刻的話，肯定是很有哲理的了。」

胡瑜非說：「不但很有哲理，也很有用，特別是對你們這些官場中人。你知道嗎，我那位朋友出身工人家庭，沒有絲毫的背景，卻在官場上混得風生水起，竄得很快，靠的就是他這句至理名言了。」

傅華忍不住催促說：「胡叔，您越說越引起我的好奇心了，趕緊告訴我究竟是什麼話，讓我看看能不能借此擺脫現在的窘境。」

胡瑜非笑笑說：「這句話要幫你擺脫窘境是不可能啦，但是卻能說明你為什麼會陷入現在的窘境。他是跟我這麼說的，他說他之所以能夠竄升的這麼快，是因為他把握了一個原則，那就是你幫了別人，還要對方覺得好像是他幫了你似的。」

傅華聽了，頓時有一種豁然開朗的感覺，此刻他才真正明白他跟金達問題的癥結所在。雖然他從來沒有在金達面前以恩人自居，但是卻在心理上一直有種凌駕金達之上的優越感。同樣地，金達也感覺對他有所虧欠，因而他的存在讓金達感到了莫大的壓力。

傅華點點頭說：「胡叔，你這句話可謂一語驚醒夢中人啊，確實是，我這次栽跟頭恐怕就栽在這句話上。我從來沒有替對方想一想，甚至好幾次他提出要幫我升遷，我都拒絕了，最後才勉強接受一個副秘書長的閒職。我現在才明白他要幫我升遷，原來是不想欠我的情。」

胡瑜非說：「是啊，不論是官場還是商場，人情是不好欠的，欠了別人的人情，心理上總會覺得矮人一截。你不讓他還你的情。他會覺得始終低你一頭。但是他的官職卻又高於你，兩者的反差如果一直持續下去，很容易就會出問題的。」

傅華自嘲說：「是啊，我這不就出問題了嗎！您說得真對，這世界上好人難做啊。」

胡瑜非又說：「我不敢說這是因為懂得感恩的人越來越少了，但是現在的官員們都是優越感很強的，你這樣很容易讓對方對你心生怨懟。」

傅華說：「他本來就不是一個大氣的人，對我心生怨恨也很正常。」

胡瑜非關心地說：「那接下來你要怎麼辦？就這麼算了？」

傅華反問道：「胡叔您覺得我應該怎麼辦啊？」

胡瑜非說：「你問我啊，我得知道你是怎麼一個想法啊，說說我聽聽，你是打算報復呢，還是想就這麼算了？」

傅華恨恨地說：「就這麼算了，我咽不下這口氣，雖然我也有做得不對的地方，但是他這麼對我實在很過分，我不可能就此甘休。」

胡瑜非說：「那就是說你想報復了，想好了要怎麼辦了嗎？」

傅華搖頭說：「還沒，我還沒決定要怎麼辦呢。」

胡瑜非揣測說：「你不是一個不果斷的人，你無法確定這麼做究竟是不是正義的，所以才會猶豫，對吧？」

傅華佩服地說：「胡叔的眼睛真是銳利，我是有這方面的顧慮。」

胡瑜非笑說：「你如果猶豫這個，那還是不要去做了，因為官場上的事無所謂正義與否。官場也從來都不是實現正義的地方，這裏是利益的角逐場，也許某件事實現了某些人認為的正義，但那可能恰好是正義所代表的利益跟主政者一致罷了。」

說到這裏，胡瑜非看了看傅華，說：「難道你不明白嗎，要想在這個官僚體系站穩腳跟，是要有雷霆手段作為保障的。一味的追求什麼正義、仁義，除了失敗不會有別的下場。除非你退出，否則如果還想在這個官場上混，還想避免今後別人整你，欲立於不敗之地，就必須要嚴厲打擊對手，尤其是在他冒犯你的時候。這就是我朋友所說的另外一個官場生存的法則了。」

傅華不禁笑說：「看來胡叔對官場的領悟很深啊。」

胡瑜非笑笑說：「這是托我家老爺子的福了。官場上，你不上到某一個層次，是不能完全洞悉其間的奧妙的，我比你眼界寬廣的原因，就在於我家老爺子曾經到達這個金字塔的塔尖，在塔尖的位置再來俯瞰整個體系，一切都會清晰的展現在眼前。」

胡瑜非繼續說道：「一個主政者讓人愛你，僅僅是其中一個因素，更重要的是讓人畏懼你，只有讓別人畏懼你，才能夠維護你的地位。讓人畏懼指的並不是你在什麼位置上，而是你手中的權力。有些人即使戴著皇冠，有皇帝的名頭，也無法讓人畏懼。」

傅華認同地說：「這倒是，歷史上多少皇帝不過是權臣手中的玩物而已。」

胡瑜非又分析說：「其實你手中握有很多的人脈資源，你又是個很有頭腦有能力的人，本來你應該遊刃有餘才對的，結果卻搞成現在這個窘境，問題不在你對別人不好，而是你不夠狠辣。不夠狠辣，別人就會覺得惹了你也沒什麼大不了的，也就敢隨便的拿捏你了。」

「胡叔，你的意思是讓我報復他們了？」傅華不禁問道。

胡瑜非決斷地說：「如果你有這個能力的話，就不要對他們客氣，有些人你不教訓他們一下，他們是不會知道好歹的。」

傅華心有所感地說：「叫胡叔這麼一說，我心裏敞亮多了。那你們那個灌裝廠打算怎麼辦啊？」

胡瑜非笑笑說：「還能怎麼辦啊，只能另行選址了，我還是把這個交給東強去處理，就讓這小子鍛煉一下吧，你最近不是沒什麼事情做嗎，可以從旁幫他參謀一下。」

傅華一口答應了：「義不容辭。」

中午傅華就留在胡瑜非這裏吃了飯，下午去鄭老家，把傅瑾和保姆接了回來。晚上鄭莉又是很晚還沒回來，他實在熬不住就睡了過去。

早上起床，鄭莉已經在吃早餐了，看到傅華，說：「老公，你昨天不是有什麼事要跟我講嗎？」

傅華說：「是啊，這次帶考察團去海川，出了點岔子，我被免去了駐京辦主任的職務。這件事網上都有的，難道你沒看到？」

鄭莉沒當回事的說：「沒有啊，我最近忙得很，哪有時間去注意那些亂七八糟的事啊。無所謂啦，你被免職就免職吧，反正我也養得起你，乾脆你就留在家中照顧傅瑾算了。」

傅華有點失望的看著鄭莉，說：「你這算是安慰我嗎？」

鄭莉說：「早就跟你說要你別幹這個駐京辦主任了，你現在正是無官一身輕，就在家過幾天清閒日子吧。」

「可是我一個大男人老在家裏帶孩子，也不是回事啊。」傅華悵然地說。

鄭莉笑說：「別那麼封建啦，在國外可是有不少的專職奶爸的。好了好了，不跟你囉嗦了，我還約了人，你自己慢慢吃吧。」

鄭莉就匆忙離開了家，傅華鬱悶地苦笑了一下，原來他認為很重要的事，在鄭莉看來卻根本不值一提。

傅華不想一直在家看孩子，他感覺必須要做點什麼，好讓自己儘快回到工作崗位上。否則這種無聊的日子一直過下去，他會悶死了。

於是傅華吃完早餐後，就打了個電話給高穹和，說有事要跟高穹和見面談，高穹和就和他約在和穹集團的辦公室見面。於是傅華帶著丁益給他的財政局資料去了和高穹和的辦公室。

高穹和一看到傅華，就說：「你看上去氣色不錯，沒怎麼被免職打擊啊。」

傅華笑笑說：「看來我這點糗事高董已經知道了，免職也不算是多大的事，我還不至於這麼脆弱。」

這時，高芸走了進來，看到傅華，笑說：「你來了，我正想打電話給你呢，怎麼回事啊，你怎麼會被免職了？我看胡東強他們鬧的那點事情不嚴重啊，有必要把你免職嗎？」

傅華說：「被小人算計了一把而已。」

高芸嘆說：「你這傢伙，有時候就是太善良了，所以很容易被人算計。誒，你來找我爸有什麼事啊？」

傅華笑說：「有點事要跟高董商量一下，不過被你誇得我有些不知道這件事還要不要說出來了。」

高穹和眼神亮了一下，說：「傅華，在我這裏你可以隨意一點，不要有什麼忌諱，有什麼事儘管說。」

傅華就把關於修山置業購買海川灘塗地塊繳納土地出讓金的資料遞給高穹和，說：「高董先看看這個資料再說。」

高穹和把資料接了過去，看了看，再把資料遞給高芸，高芸翻看了一下，問說：「這份資料可靠嗎？」

傅華說：「當然可靠了，這可是我拜託人從海川市財政局弄出來的。怎麼樣，對你們有用嗎？」

高芸高興地說：「當然有用了，修山置業並沒有足額繳納土地出讓金就把土地權證辦出來，這說明這家公司實力不足，也欺騙了廣大的股民。這要公佈出去，一定會給修山置業一個沉重的打擊的。」

高穹和帶著微笑看著傅華，說：「傅華，說吧，你想從這件事上得到什麼好處？」

傅華笑說：「高董果然是明白人，其實我想要的並不多，修山置業之所以能夠只繳納一點點土地出讓金就能把使用權證辦出來，主要原因就是他們走了市委書記金達的門路。這份資料，我想高董應該會想辦法把它在媒體上傳播出去的，我想要的是高董在傳播這份資料的同時，能夠挑明金達在其中起到的作用。」

高芸看了傅華一眼，說：「你想利用我們和穹集團？」

傅華說：「高總，需要說得這麼難聽嗎？我覺得我們應該算是各取所需吧？」

高穹和曾經在傅華面前說過要對付修山置業和喬玉甄，所以傅華認為高穹和見到這份資料應該是見獵心喜的。

高穹和說：「傅華，你說的沒錯，我們是各取所需。不過有一點你要知道，就這份資料而言，並不能證實那位市委書記就是干預了這件事，就算我們在媒體上公佈這份資料，也不能明確地指出修山置業是在哪位官員的支持下得以這麼做的。我們只能隱晦的提示一下而已，所以可能未必能達到你想要的目的。」

傅華笑了起來，說：「高董以為我想達到什麼目的啊？」

高穹和說：「你不就是想要把市委書記給整掉嗎？僅僅這點東西可不夠啊。」

傅華笑說：「我沒想要整掉他，我只是想讓人們知道他在背後是怎麼一副面孔就行了。這傢伙平時表現出來的是一副絕不徇私的清廉形象，我要剝掉他這張畫皮。」

高芸不禁看了眼傅華說：「傅華，原來你也有這麼狠的一面啊，真是想不到。」

傅華冷酷地說：「我這是跟他學的，我就是不夠狠才會被免職，再不做點改變，我在這社會上可就沒立足之地了，我可不是那種被人打了左臉還要把右臉遞過去的人。」

高芸轉頭去看看高穹和，說：「爸，你說我們要怎麼辦呢？」

高穹和說：「怎麼辦？當然照著傅華說的辦啦，上次你被整的損失我還沒跟他們算呢，這種好機會怎麼能放過，我這次要好好的跟修山置業和喬玉甄玩上一把了。」

便立即交代說：「小芸，趕緊聯絡跟我們不錯的財經記者，讓他們把這些資料發出去，特別讓他們要強調修山置業的違規是跟海川市委某位領導的包庇護航有關。」

高芸立即點頭答應。

傅華笑說：「高董果然是高手，分寸拿捏得恰到好處，指向明確，又不至於被人說是誹謗，厲害啊。」

高穹和笑笑說：「不要這麼說，這個主意可是你想出來的，我只不過因勢利導而已，所以真正厲害的是你。你們這位市委書記也是夠蠢的，得罪你幹什麼啊！」

高芸在一旁插話說：「你們倆不要互相吹捧啦。誒，傅華，我辦公室還有事等我處理，就不陪你聊了。你跟我爸聊完的話，去我的辦公室一下，我有事要跟你說。」

傅華答應了，高芸就離開辦公室，傅華回頭看到高穹和用審視的目光看著他，知道高穹和是在懷疑他跟高芸有些什麼貓膩。

傅華趕忙說：「我跟高芸好久沒聯繫了，高董，上次她說和穹集團準備放一部分投資去嘉江省支持雎心雄，不知道這件事最後是怎麼決定的。」

高穹和說：「高芸把你的看法告訴我了，我覺得你的分析很對，雎心雄上位的可能性還真是不大。既然這樣，我也不用去嘉江省湊什麼熱鬧了。」

傅華聽了說：「高董這麼做很明智。其實，我覺得一個成功的商人不能不懂政治，但也不要跟政治人物關係太過緊密，雖然有政治人物的幫助，能夠讓企業發展走上快車道；但是一旦這個政治人物倒臺的話，企業也會跟著遭到沉重的打擊。清末的胡雪巖就是一個典型的例子。」

高穹和不禁用讚賞的口吻說：「想不到你對經商也很有研究啊。是啊，胡雪巖確實是一個血淋淋的例子，沒有左宗棠，他不能富甲天下；可是同樣的，如果不是因為左宗棠，他也不會成為李鴻章的攻擊目標。所以可以說胡雪巖是成也左宗棠，敗也左宗棠啊。」

傅華說：「其實我覺得和穹集團已經夠壯大了，實在不需要依靠官場人物的庇護，所以根本就不用去靠睢心雄這種野心家。」

高穹和無奈地說：「傅華，你不懂，雖然我也知道跟官員走得太近很容易給和穹集團帶來麻煩，但是現在這個社會，擁有主宰權的還是官員，官字兩個口，可以翻手為雲覆手為雨；如果一家企業想完全不跟官員打交道，那連生存都可能很困難。所以明知是飲鴆止渴，我也不得不這麼做。我現在能做的就是儘量謹慎小心的跟他們周旋，避免上到一條可能沉沒的船而已。」

高穹和說的也不無道理，傅華點點頭說：「看來是我想得太簡單了。」

高穹和感嘆說：「現在這個世道，做什麼都不容易。誒，話說就算是能夠打擊金達，恐怕也無助於你的復職吧？更何況，目前看來想搬掉他的可能性並不大。」

傅華不置可否地說：「我現在是走一步看一步，我也不知道下面會發展成什麼樣子。」

高穹和勸說：「既然這樣，你為什麼不乾脆放棄呢，退一步海闊天空，也許你也該嘗試走別的路。」

傅華看了看高穹和，反問說：「如果是高董，遇到這種狀況你會怎麼辦？你會放棄嗎？」

「當然不會了，」高穹和立刻堅決的說：「我的字典裏沒有放棄兩個字，如果換到是我被人欺負了，我會跟他死磕的。」

傅華笑笑說：「您都不肯放棄，為什麼要我放棄呢？」

高穹和笑了，說：「看來我們都是好勝之人啊。」

第四章

金達中風

對於金達中風的原因，有人說金達是中邪了，
還有人說是因為金達度量太狹窄了；
眾說紛紜，莫衷一是。不過有一個觀點是一致的，
那就是大多數人都認為金達是冤枉了傅華，
而且這麼嚴重處分傅華，是忘恩負義的行為。

從高穹和辦公室出來，傅華便去了高芸的辦公室。

高芸正在嚴詞訓斥一名部下。那名部下四十多歲，被高芸這個比他年輕的上司訓斥得滿臉漲紅，卻不敢反駁什麼。傅華心說高芸還真是威嚴啊。

高芸看到傅華進來，這才對那名部下說：「行了，回去趕緊想一下如何補救你的錯誤。我這邊來客人了，你走吧。」

那名部下就離開了，傅華說：「你這個總經理好威風啊。」

高芸笑笑說：「這些傢伙你不對他們嚴厲一點不行的，坐吧。」

高芸說：「剛才在我爸那裏，我不好意思問你，你需不需要我幫你做點什麼？比方說去對付那個金達，我可以讓人把他做的那些事情寫得更明白一些的。」

傅華趕忙阻止說：「千萬別，你如果寫得太明顯，反而會讓人懷疑這是刻意為之的，那就落了下乘。我需要的就是這種似乎是無意中被帶上的感覺。不過有一點倒是要拜託你，儘快的讓這份東西在媒體上露面，晚了可能就沒用了。」

高芸疑惑的看著傅華，道：「我怎麼覺得有點看不透你想幹什麼啊？」

傅華故作神秘地說：「你看到的不過是拼圖的一部分，當然看不透了。

等將來整件事揭曉出來，你就會明白我在做什麼了。」

高芸笑笑說：「這麼神秘啊？不能說給我聽聽是怎麼一回事嗎？」

傅華賣弄玄虛說：「有些把戲先揭開底牌的話，就沒有看頭了。」

高芸笑著搖搖頭說：「行，你就裝你的神秘去吧。誒，說真的，這段時間你如果需要我幫什麼忙，儘管說。或者你心情悶了想找人聊天吃飯之類的，也可以打電話給我。」

高芸的話讓傅華有些感動，同時也有些彆扭。感動的是高芸對他還是不錯的，知道他被免職心情肯定不好過，主動提出來要幫他消愁解悶；然而彆扭的是，連她都看出來他的心情不好，為什麼鄭莉對此卻視而不見呢？

傅華感激地說：「謝謝你了高芸，有時候有朋友的感覺真是很溫馨。」

高芸聽出傅華這是在跟她劃清界限，強調兩人的關係僅只於朋友而已，不禁埋怨說：「行啊，傅華，我真是佩服你，無論什麼狀態下，你都能把我們的界限分得這麼清楚。你都這樣了，還有這個必要嗎？」

傅華心想我招惹的女強人已經不少了，可不想再加上你一個，就笑笑說：「還是分清楚一點好。」

高芸搖搖頭，說：「你這人真是沒趣，行了，你走吧，我沒事了。」

雖然是在攆客，但是傅華相信高芸是真心對他好的朋友，她生氣不過是因為他沒有回應她的情意罷了。便笑笑說：「那你忙吧，我走了。」

傅華回到笙篁雅舍，保姆把一封快遞交給他，說：「傅先生，這是上午收到的。」

傅華接了過來，說：「謝謝你，傅瑾呢？」

保姆笑笑說：「傅瑾睡著了，所以我才能清閒一會的。」

傅華說：「照顧小孩很累人的，你辛苦了。」

保姆笑笑說：「不辛苦，我就是做這個的嘛。倒是您最近是辛苦了，您夫人這麼忙，根本就沒法照顧你。」

傅華愣了一下，想不到他跟鄭莉的狀況全看在保姆眼中。他有一點不習慣被一個陌生女人關心他跟妻子間的關係如何。

這個保姆是鄭莉從家政服務公司挑選來的，年紀不大，二十出頭的樣子，做事各方面還算盡責。平常傅華很少跟她交談，除了有關傅瑾的事，很少會談及別的。

傅華感覺這個保姆今天似乎有點反常，但是他也沒有多想什麼，便說：「我老婆工作是忙了點，不過也不能說她沒照顧好我。再說，我也不是孩子，也不需要她照顧的。」就拿著快遞進了書房。

快遞是張允寄來的，傅華打開一看，正是白灘那個高爾夫球場的照片，張允還給這些照片做了說明。這些照片和說明充分證明了海川存在違建高爾夫球場的現象，國土部門才剛剛重申嚴禁各地建設高爾夫球場，海川這時如果爆出這個消息，肯定會被國土部門狠狠打臉的。

海川市人民醫院，金達的病房中。

金達躺在床上正在打點滴。他的臉色蒼白沒有血色，嘴角往一邊上吊，讓原本端正的臉明顯的歪向一邊，整個人也顯得十分的疲憊。

經過急救，金達的狀態算是穩定下來，中風的症狀正在好轉之中，醫生估計，金達留院治療幾天之後，就應該沒什麼大礙了。

早上八點多，孫守義出現在病房，來探望金達。

金達看到孫守義來了，掙扎著想坐起來。孫守義趕忙上前阻止說：「您別動，躺著就好，我就是來看望一下您，沒別的事的。」

金達咧了一下嘴似乎想笑，但是由於他的嘴是歪的，一邊臉上的肌肉僵硬，讓他的笑看在孫守義眼中顯得比哭還難看。

孫守義不免有點兔死狐悲的感覺，看到金達這個樣子，他心裏也很不好受。

對於金達中風的原因，孫守義並不是十分清楚，有人說金達是中邪了，還有人說是因為金達度量太狹窄了；眾說紛紜，莫衷一是。不過有一個觀點是一致的，那就是大多數人都認為金達是冤枉了傅華，而且這麼嚴重處分傅華，是一種忘恩負義的行為。

孫守義並不相信什麼中邪的說法，他也不覺得金達度量小到把自己氣到中風的地步。他更傾向認為金達接到的那封短訊才是問題的癥結所在。

孫守義十分懷疑是傅華發的，可惜金達的手機已經被他摔壞了，無法知道短訊的內容。

孫守義說：「我剛才跟醫院瞭解了一下，他們說您現在只要安心靜養，很快就會復原了。以後您可要多注意身體健康。」

金達心說我哪是不注意健康啊，我是被傅華那個混蛋給氣的。

雖然躺在病床上，金達心中還是沒有忘記要整治傅華，他口齒不清地說：「老孫，有件事我要囑咐你，駐京辦的工作很重要，主任位置不能空懸太久，回頭你問一下組織部，接替人選他們醞釀好了沒有，醞釀好了的話，等我出院馬上就上常委會討論。」

孫守義心說你都病成這樣了，還沒忘記要整傅華呢，這是非要把傅華趕出海川的架勢啊。關鍵是你要整傅華，也要有這個能力，現在省裏對這件事很不滿，你還追著不放，豈不是自討沒趣？

孫守義從鄧子峰那裏知道，呂紀對金達這次處置傅華也很有意見，特別是導致考察團撤走一事更是不滿，也因此嚴詞拒絕了要把海川新區提升為省級開發新區的建議。

另一方面，趙老那裏也有消息，說金達透過謝精省運作，想升格成為東海省常務副省長，不過趙老並不看好金達的上位機會，所以要孫守義不必要去附和金達。

孫守義卻是有苦難言，他並不想去附和金達，但是他的小辮子被金達捏在手裏，他不敢不跟金達站在同一陣線上，否則他的處境會比傅華還窘迫。但是孫守義也不想跟隨金達對傅華趕盡殺絕，以便將來形勢變化的時候，留一點迴旋的餘地。

孫守義就笑笑說：「您現在最重要的工作是養好身體，工作上的事就不要太操心了。」

金達看了孫守義一眼，嚴厲的說：「老孫，我知道你在想什麼，你還想護著傅華是吧？我跟你說這一次絕對不行，一定要對他嚴肅處理。」

孫守義讓金達安心養病，不僅僅是想給傅華留出迴旋餘地，實際上也是不想刺激金達的一種委婉說法，他如果把呂紀的話告訴金達，估計金達很可能會被刺激的再次發病。但是金達卻誤會他是想護著傅華，讓孫守義不禁暗罵金達狗咬呂洞賓，不識好人心。

孫守義就笑笑說：「金書記，我可沒那個意思。我是想您養好身體才能再度回到工作崗位上去，這些事情到時候您自己處理豈不是更好？」

金達不悅的說：「老孫，你不要以為我看不出你想以拖待變，我跟你說，你這個想法絕對不會得逞的。」

孫守義看再這樣下去，金達非跟他吵架不可，我現在瓜田李下，可不想鬧出一個市長為了上位故意氣得市委書記病情加重的傳聞出去，還是先把金達敷衍過去再說。就陪笑說：「好，我幫你催組織部門就是了。你安心靜養吧，我要回去市政府辦公了。」

孫守義就出了金達的病房，跟院長交代了幾句，要求醫院盡最大的力量照顧好金達。

沒想到正說話時，就見金達的秘書從病房裏衝出來，大喊道：「醫生，快來啊，金書記又犯病了。」

醫生趕忙衝進病房去救治金達，孫守義見出現突發狀況，跟院長快步跑向金達的病房，急問道：「怎麼回事啊？」

醫生說：「金書記又出現了血栓的症狀。」

孫守義說：「怎麼會這樣？剛才還好好的啊？」

醫生說：「可能是他剛才受到什麼刺激了吧。」

醫生這麼說，讓孫守義心中有些鬱悶，我已經儘量委曲求全不去刺激他了，他怎麼還出現狀況啊?!

醫生對孫守義說：「市長，請您在外面等候吧，我們需要做些救治工作。」

一行人被請出了病房，孫守義此刻也不好就這麼走開，只好在外面等著。

他問金達的秘書說：「怎麼好好的金書記又受刺激了？」

秘書苦笑了一下，說：「我也不知道啊，我只是把今天的報紙拿給他看，他翻看了一頁，喊了句混蛋，就又發病了。」

孫守義聽了說：「報紙呢，拿給我看看。」

秘書把報紙拿給孫守義，孫守義打開一看，就明白金達發病的原因了。原來報紙的財經版上，頭條標題是：「官商勾結，修山置業走通市委領導門路空手套白狼」。

報導說，據記者從可靠管道瞭解到，修山置業開發海川市灘塗地塊，並沒有足額繳納土地出讓金，卻違規拿到了土地使用權證，是因為走通了海川市市委某主要領導的門路。

報導中雖然沒有明指海川市某主要領導是誰，但是明眼人一看就知道是指金達，難怪金達會看了報導就再次發病。

知道金達利用職權違規幫喬玉甄辦理土地使用權證的人不多，因而洩露出去的肯定是相關部門的內部人士。孫守義的第一反應是傅華搞出來的，也許正是傅華對金達採取的報復措施。

經過緊急救治，金達的狀況再次穩定下來，不過他的嘴顯得更歪了。孫守義說了幾句要金達安心靜養的客套話後，就趕忙離開了。

北京，湯言的辦公室。

湯言看著一個勁往下的修山置業股票走勢圖，臉色變得鐵青，坐在他對面的喬玉甄，臉色也是十分的難看。

這段時間以來，在湯言的操控下，修山置業走出了一波很好的行情，股價亮眼，已經接近達到喬玉甄預計的目標；出售修山置業的相關事宜也在洽談當中，準備要簽約了。

根據喬玉甄幕後人物的安排，有一家大型的企業會從喬玉甄手裏溢價收購修山置業，預期這一進一出，喬玉甄至少會有十幾億的斬獲。當然，這十幾億並不都是她的，有很大一部分是被幕後的人物拿走。

但是就在喬玉甄和湯言以為即將大功告成的時候，媒體上突然爆出修山置業沒有足額繳納土地出讓金的事，還涉及了官商勾結，打得兩人措手不及。

湯言不悅的看了喬玉甄一眼，說：「海川市那邊你是怎麼安排的啊，金達怎麼會讓這麼重要的事洩露出來呢？」

喬玉甄懊惱地說：「你以為我想這樣啊？這件事明顯是有人有意為之的，湯少，你別光坐著看了，趕緊想想辦法啊，股價如果再這樣子跌下去的話，我們原來的計畫就要落空了。」

湯言無奈地說：「我也沒辦法啊，這種重大利空消息出現，我再採取什麼措施也是徒勞無功的。現在我們要防止的是不能再有後續的爆料出來才行，否則前面的努力都會化為流水了。」

喬玉甄想了想說：「行，我先打個電話給金達，讓他想辦法控制局面，不要再洩露什麼消息給媒體了。」

湯言催促說：「那你趕緊打吧。」

喬玉甄就撥電話給金達，卻意外從金達的秘書那裏得知，金達因為中風住院了，顯然是不太可能幫她做什麼了，看來對手找了一個很好的時機點發難。

湯言便問喬玉甄：「接下來要怎麼辦？」

喬玉甄心煩地說：「我現在心中也沒底啊，湯少你說怎麼辦？」

湯言眉頭緊皺著說：「喬董，你看能不能這樣子，我們一方面發佈闢謠公告，說報紙上的報導不實，同時繼續出售修山置業的行動？」

喬玉甄質疑說：「這行嗎？現在股價大跌，繼續出售恐怕不太合適吧？」

湯言說：「這有什麼不合適的，股市中，股價有波動是很正常的。反正修山置業前期的表現很不錯，應該值得對方溢價收購了。」

喬玉甄看了一眼湯言，說：「湯少的意思是要我強賣給對方？」

湯言笑笑說：「不要告訴我你做不到，像這種交易，對方所買的本來就不是公司的價值。」

湯言很清楚喬玉甄的這個操作套路，其目的根本不在於企業產權的交易，交易只是一個幌子，真正目的是從那家大企業中洗一筆錢出來。把股價炒高，只不過是讓這筆交易看上去很合理而已。

喬玉甄有些為難地說：「倒不是不可以這麼安排，只是這樣子做恐怕會留有後患，這跟我原來的設想不符。」

湯言勸說：「喬董，你不能再遲疑了，修山置業在我們手裏已經有一段時間了，必須要速戰速決。再拖下去，我們在坐莊的事可能就會洩露出去了，那樣我們不但賺不到錢，還會引起相關部門的注意，會招來一些不必要的麻煩的。」

喬玉甄沒有立即做出答覆，說：「這件事我無法決定，你等我回去商量一下吧。」

湯言知道喬玉甄身後的人物才是最後決策者，便說：「那你儘快去商量吧。」

喬玉甄點點頭說：「行，我會儘快給你答覆的。」

晚上，傅華接到了田漢傑的電話，讓他去會所見面。

傅華去了會所，除了田漢傑，徐琛、周彥峰、胡東強幾人都在。這次他們沒有玩梭哈，而是在二樓的一間雅間裏泡茶。

田漢傑看到傅華，就說：「傅哥，你那位老上級的事我跟我家老爺子說了，他說想見見他，回頭你安排一下吧。」

傅華說：「謝謝了，漢傑，我會儘快安排的。誒，你注意到今天報紙上的財經頭條了沒有？」

田漢傑說：「沒有啊，怎麼，很重要嗎？」

傅華說：「不是什麼重要的事，只是涉及到了海川市的市委書記金達，說金達跟一家企業勾結，讓他們未繳納足額的土地出讓金就辦理了土地權證。」

徐琛罵說：「這傢伙原來是個貪官啊，我說他怎麼看你不順眼呢！漢傑，叫你家老爺子拿這件事給這個金達好好上上眼藥。他還想幹常務副省長呢，就這個作風，市委書記保不保得住都很難說。」

田漢傑笑笑說：「行，這件事我讓我家老爺子注意一下。」

傅華又說：「還有一件事，我手裏有海川市違建高爾夫球場的證據，你們誰在國土部認識有點影響力的人啊？」

胡東強立即說：「我爺爺的一個老部下在國土部很有影響力，你把證據給我，我拿給他看。」

傅華問：「你爺爺的老部下層級很高嗎？」

胡東強笑笑說：「他是新被任命的國土部部長，這個層級夠了吧？」

傅華聽了說：「你說的是新從省長轉任部長的關偉傳吧？」

胡東強說：「就是他，這個人一向對違規現象深惡痛絕，相信他看到你提交的證據後，一定會嚴厲查處的。」

傅華說：「我要的就是這個效果。這個高爾夫球場是在金達擔任市長的時候開始建的，沒有任何的正規手續，海川市對此一直是持放任的態度，我想金達對此應該負有不可推卸的責任。」

胡東強忍不住嘲笑說：「這金達不是沒事找事嗎？他到底來惹傅哥幹什麼啊，自己一身的毛病還不知道?!」

徐琛笑說：「很多人只看到別人臉上的灰，自己臉上的髒東西是看不到的。」

第二天早上起床後，傅華就打電話給曲煒，告訴他田漢傑的父親想要見他。

說起來，田漢傑的父親身在高層，也需要在地方上有些人脈的，他幫曲煒，就等於在東海省有了自己的人，以後東海省的事務他就可以借助曲煒插上一手了。

而曲煒雖然有能力，但是欠缺高層有幫他說話的人，這在上到副省級的曲煒來說，是個致命的缺陷，上面沒人幫他說話，他再往上走的可能性就不大了。結識了田漢傑父親這樣一個重要的高官，就等於在高層有了一個奧援，對他的仕途有很大好處，所以兩人等於是互利的作用。

曲煒接了電話，打趣說：「這麼早打電話給我，是不是被免職之後太清閒啦？」

傅華笑說：「是啊，現在清閒了很多，以前忙的時候，總希望早上能有時間多睡會兒，現在沒事做有時間了，反而睡不著了。」

曲煒開導他說：「你不用煩躁，你的事呂紀書記跟我談過，他對金達的做法很不滿，對金達這個人也有了些看法，所以你的事很可能會得到解決的。你就把這段時間當做在家休養吧，好好把身體養好，不要學金達工作成績沒出多少，身體卻搞壞了。」

傅華趕緊答應道：「我知道了市長。」

曲煒說：「你找我有什麼事嗎？」

傅華說：「是這樣的，我有一個姓田的朋友，父親在組織部門做副部長，他想跟您見見面。您知道，東海省政壇這次很多人員都會變動，常務副省長的位置很可能會空出來。」

曲煒笑說：「你找了田副部長？怎麼，你想幫我？傅華，你的本事見長啊，你知道金達也在搶這個位置嗎？」

傅華心說：就是因為金達在爭這個位置，否則我還不會動這番心思呢。

傅華擔心曲煒放不下面子，就笑笑說：「市長，我認為您比金達更適合這個位置，現在有這個機會，您應該當仁不讓。」

曲煒有些遲疑地說：「可是金達找的可是謝精省常務副部長，也許他的機會會更大一些。」

傅華說道：「市長，我覺得您還是來北京一趟，見見田副部長再說，多認識個組織部門的領導也沒什麼壞處啊。」

曲煒說：「去是可以去，不過這個時間點不太巧，我剛好走不開。」

傅華愣了一下說：「一天的時間您都抽不出來嗎？」

曲煒說：「呂書記這幾天要有大動作，我需要留在齊州跟他配合才行。」

傅華聽曲煒這麼說，明白呂紀是不想就這樣被擠出東海，想要在東海掀起一場大風暴了。

呂紀這麼做有點負隅頑抗的意味，傅華對此並不看好。他認為呂紀就算是狙擊了鄧子峰的上位，也不見得就能留在東海。高層對呂紀的觀感並不是一天兩天內形成的，也不會因為呂紀做了一兩件成功的事而改變。反倒呂紀這麼做破壞了上層的佈局。

傅華跟曲煒親如父子，就坦白說出自己的想法：「市長，我覺得您不能把希望都放在呂書記身上，還是多走一條路的好。再說，來北京就是一天的行程，也不會耽誤什麼的。」

曲煒聽了說：「你跟田副部長這個兒子關係怎麼樣啊？」

傅華說：「是經常在一起玩的朋友，關係還不錯，說起來，他父親要見您這件事還應該感謝金達，這次他也跟我去海川走了一趟，是參與打架的一員，看我被金達免職，讓他覺得對我有所虧欠，所以才會有想狙擊金達上位的念頭。」

傅華講這些的意思也是告訴曲煒，不用去擔心什麼謝精省，田副部長早就知道謝精省推薦了金達，人家都不怕了，你怕什麼啊？

曲煒聽了說：「原來是這樣啊，這要被金達知道了還不氣死了！行，我儘量爭取去北京走一趟，不過我得跟呂書記說一聲，你等我電話好了。」

傅華說：「好，我相信呂書記一定也會支持您跑這一趟的。」

曲煒掛了電話，收拾一下就去省委上班。

他這個秘書長每天上班的第一件事，就是看呂紀的行程安排，然後跟呂紀彙報。

今天也不例外，呂紀聽完曲煒的報告後說：「挺好的，你辦事我放心。」

曲煒便說：「誒，呂書記，我個人有件事要跟您報告一下。」

呂紀看了曲煒一眼，說：「什麼事啊？」

曲煒說：「組織部的田副部長想要我去北京跟他見個面。」

呂紀詫異地說：「田副部長要見你？知不知道是什麼事啊？」

曲煒如實地說：「田副部長想要推薦我出任東海省的常務副省長，所以想跟我見個面，相互瞭解一下。」

呂紀聽了，不禁說道：「不錯啊，老曲，學會走上層路線啦。你什麼時候跟田副部長建立聯繫的啊？」

曲煒回說：「這都是傅華那傢伙搞出來的，他跟田副部長的兒子是好朋友，所以向田副部長推薦了我。呂書記，您看我應該怎麼辦？要不要去北京呢？」

「當然要去啊！」呂紀說：「這是好事啊，別人求都求不到的。實話說，老曲，我也認為你比較適合出任這個常務副省長。將來組織部門如果詢問我的意見，我也是會推薦你的。」

呂紀心中其實對他即將要做的行動最終結果會如何，是很沒有底的，政壇向來都是風雲難測，他能否保住他東海省委書記的寶座亦很難說。因此他雖然下了決心要對鄧子峰和孟副省長發起攻擊，卻也並不是孤注一擲，也在做兩手準備。

曲煒跟隨他許多年，一直對他忠心耿耿。同時他算是歷練豐富，正是最適合帶領呂系人馬的人。如果曲煒能夠有機會出頭，呂紀自然樂見其成。

曲煒遲疑地說：「可是這個時間點我能走開嗎？」

他對曲煒這種跟他共度時艱的情意很是感動，這場大戰他已經做好了佈局謀劃，曲煒留不留在東海其實影響不大，於是說：

「怎麼走不開？東海不是還有我嗎？你趕緊安排去北京吧，不要急著回來，除了田副部長之外，多跟北京的一些老領導們見見面，向他們彙報一下我們東海省的工作。組織部門在安排人事的時候，一定會詢問這些老領導們的意見，你要想辦法讓他們支持你才行啊！」

曲煒不免擔心說：「那這邊您怎麼辦？」

呂紀老神在在地說：「該怎麼辦就怎麼辦，你去你的北京，我馬上就展開行動。讓省紀委對王雙河和盧丁山採取行動，我跟省紀委已經溝通好了，省紀委那邊已經握有足夠能夠啟動對他們調查的資料了。」

紀檢部門手裏早握有來自各處檢舉官員的資料和證據，而這些不法官員之所以沒事，是因為領導暫時不想動他，一旦領導想要動他了，被採取措施是幾分鐘而已的事。

就像原來的齊東市市長，現在的省文聯主席王雙河，鄧子峰、孟副省長和呂紀都知道這傢伙在齊東市市長任內存在嚴重的問題。但是這三方為了各自的利益達成了妥協，只將他調去省文聯，沒有對他展開行動。

現在呂紀為了自身的政治利益，需要拿王雙河作為突破口，雖然王雙河曾經算是他的人馬，卻不得不犧牲他，誰叫他私下另跟鄧子峰勾搭呢？

對要拿王雙河開刀，呂紀也經過了一番很痛苦的抉擇，但是不動王雙河，就無法狙擊鄧子峰的上位，經過權衡，他最終還是決定犧牲王雙河。

這就是官場的現實和殘酷，每個人都是一枚棋子，他們的命運很難由自己來掌握。往往操控在更高層的官員手中。就連呂紀、鄧子峰，孟副省長這些人，也不過是更大棋盤上的棋子，他們隨時會被比他們更高層級的主政者犧牲掉。

看到呂紀很有自信的樣子，曲煒知道他已是胸有成竹了，就笑笑說：

「那行，呂書記，我就去北京走一遭。」

第五章

虛偽畫皮

鄧子峰義正詞嚴的說：「呂書記說得很對，
對這些分子我們不能姑息，必須要鬥爭到底……」
呂紀心裏冷笑，你這個偽君子不是老愛標榜自己清廉嗎？
我就讓這個王雙河扒掉你這張虛偽的畫皮，
看你還怎麼裝下去。

從呂紀的辦公室出來，曲煒就打電話給傅華，說他明天會到北京，讓傅華約一下田副部長，看他什麼時候有時間。傅華和田漢傑聯繫後，雙方約定後天晚上曲煒去登門拜訪田副部長。

第二天曲煒就飛北京，入住東海賓館，安頓好，曲煒就打電話給傅華，說：「別在家悶著了，來東海省駐京辦吧，陪我去見幾個人。」

傅華去了東海省駐京辦，省駐京辦主任徐棟梁正陪著曲煒在說著話呢。看到傅華，他幸災樂禍地說：「唷，這不是傅主任嗎？最近可是少見啊。」

傅華笑了一下，說：「看來徐主任是想我了，回頭我一定會多來省駐京辦，給徐主任看看的。」

徐棟梁皮笑肉不笑的說：「歡迎啊。」

曲煒有些看不慣徐棟梁這副小人的嘴臉，就說：「徐主任既然這樣歡迎傅華，正好傅華現在還沒安排新的工作，要不回頭我跟鄧省長說說，讓傅華來省駐京辦給您當個下手啊？」

徐棟梁的笑容立時僵住了，他回也不是，不回也不是，十分尷尬。然而他不愧是老官場，趕忙乾笑了一下，說：「曲秘書長真是會開玩笑，好了，你們聊，我想起我還有件事情要出去處理一下，不陪你們聊啦。」

曲煒也不想追著他不放，就笑笑說：「行，你去忙吧。」

徐棟梁就匆匆離開了，傅華不禁罵了句小人。

曲煒聽了說：「你別看不起他，就是這樣的人能吃得開。反倒是你，混到一個被免職的境地。」

傅華苦笑說：「這次是我大意了，我沒想到金達會對我下這麼狠的手，我以為他頂多給我個警告處分。再是我沒想到孫守義居然也跟金達站在同一陣線上。」

曲煒詫異地說：「孫守義和金達聯合起來對付你？不應該啊，孫守義是比金達精明很多，他沒必要為了金達跟你作對，這對他並沒有什麼好處啊？」

傅華納悶地說：「對此我也是百思不得其解，我對孫守義算是仁至義盡，他沒有理由這麼對我的。」

「也許是你對金達的態度讓他有些反感了吧，沒有哪個上級領導會喜歡你這樣子不服管的。傅華啊，叫我說你的脾氣也該改改了，該服軟的地方就要服軟，以前你跟著我的時候，我可以縱容你，現在換到別人，你就要吃虧了。」曲煒忍不住苦口婆心地勸傅華說。

傅華點點頭說：「是啊，很少有領導能夠像您這樣子大度的。不過，江山易改本性難移，我就這個脾性，改不掉的。」

曲煒嘆了口氣說：「唉，你叫我說什麼好呢，現在孫守義和金達聯手，看來你要恢復駐京辦主任的難度不小啊。」

傅華說：「您的意思是孫守義會想辦法阻止我復職？」

曲煒分析說：「如果你復職的話，也就意味著他在常委會上贊成你免職的做法是錯誤的。作為一個領導幹部，有幾個願意承認自己是做錯的，為了面子，他們寧願將錯就錯。所以可以想見孫守義一定會反對你復職的。」

「可是我感覺孫守義跟金達會同一陣線，是因為他受到了金達的脅迫，我想他應該不會反對我復職的。」

曲煒笑著搖搖頭說：「傅華，事情在孫守義同意免你職的那一刻就複雜化了。孫守義這傢伙跟金達完全不同，金達身上還有些書生氣，也沒那麼多算計；孫守義則是大戶人家培養出來典型的官僚，他所做的每一步，基本上都是為了爬到更高的位置上，充滿了政治盤算的。所以你不能從常理上去看，以為對他好他就會對你好的。」

傅華聽了，不禁呆怔了一下，他從沒這麼深入地想過，不過他心中很認同曲煒看人的眼光，他也認為孫守義比金達要精明很多。不過，他已經著手在調查孫守義了，如果到時候孫守義真要為難他的話，他也不會對孫守義客氣的。

傅華自信的說：「市長，我心中有數的，孫守義我不怕，我有辦法應對。」

曲煒看傅華的樣子，便說：「你有辦法應對就好。走，陪我去見見程遠老書記吧，這次我會在北京待上幾天，正好趁機看望一下老領導。」

傅華好奇地說：「市長，您原來不是說走不開嗎？怎麼突然又有時間了呢？」

曲煒笑說：「傅華，你的政治嗅覺還是這麼靈敏啊，不錯，呂書記可能準備有所行動了，這件事你不要跟鄧子峰講。」

傅華說：「我就是想講恐怕也晚了。再說，他們的事又豈是我能參與的，神仙要打架，我這個小卒子除了退避三舍，是沒有別的立場的。」

曲煒笑說：「你說的沒錯，鄧子峰應該也知道出問題了，不過，就算知道了也無可奈何，他就是想挽救也太晚了。」

傅華想了一下，鄧子峰在東海所犯的最嚴重的錯誤，就是蘇南承建齊東市機場的事，他不禁叫道：「呂書記是要從齊東機場下手？」

曲煒說：「看來你對鄧子峰的事還真不是普通的熟啊。」

呂紀果然是要從齊東機場上下手，鄧子峰這次恐怕會很難堪了。

傅華一直在關注齊東機場的情況，他本以為鄧子峰會利用機會，把王雙河和蘇南的交易給揭開。如果鄧子峰這樣做，主動權就會掌握在鄧子峰手中。

但令傅華失望的是，鄧子峰不但沒有將不當交易揭露出來，反而選擇跟呂紀這方妥協，將王雙河調離齊東市，想要將王雙河和蘇南的不法交易掩蓋起來。

當傅華聽說王雙河去省文聯後，他覺得鄧子峰同意這麼做是很失策的。有些事可以掩蓋一時，卻無法長期掩蓋下去的。王雙河從一個實權市長，變成虛職的文聯主席，明眼人一看就知道是怎麼一回事。

這算是省裏對王雙河的保護措施，一定是王雙河出了什麼問題，省裏不想嚴厲處分他，所以來這麼一個帶有貶職意味的平調。而王雙河的問題，絕離不開齊東機場的發包和建設的。

傅華認為這件事後續會對鄧子峰傷害很大。鄧子峰到東海省後，一向以清廉反腐自詡，如果這個項目爆出了官商勾結的醜聞，而且當中還有鄧子峰的老領導蘇老的兒子在裏面，一定會令鄧子峰刻意經營出來的形象有致命的打擊。鄧子峰雖然本身沒有涉案，但是人們會覺得鄧子峰說一套做一套，他的話也不再有公信力了。

所以鄧子峰如果聰明的話，應該主動把這件交易給揭開，嚴肅處理相關的當事人。即使這樣會損害到蘇南的利益，但是兩害取其輕，這樣方能避免讓事件走向不可控制的地步。

但是鄧子峰沒有這麼做，而是選擇了逼退王雙河，把齊東市市長換成了自己的人。表面上看，他是從呂紀手中將齊東市奪了下來，還保住了蘇南和振東集團。但實際上卻是一個授人以柄的愚蠢行為，等於是把把柄交在了呂紀手中。

呂紀如果要拿這件事做文章，只需犧牲一個已無足輕重的王雙河，就可以給鄧子峰的聲譽造成沉重的打擊。現在呂紀果然抓住鄧子峰這個致命傷展開攻擊了。

說起來鄧子峰一開始就存有私心，如果不是他想照顧蘇南的振東集團，也不會有這麼多的麻煩出來，所以這也算是鄧子峰咎由自取了。

傅華跟曲煒去了程遠家。

由於程遠曾經在鄭老身邊工作過，跟傅華算是又加了一層關係，逢年過節時傅華都會來拜訪程遠，因而程遠一看到傅華，就笑說：「小傅啊，你這傢伙，聽說你又被免職了？」

傅華不好意思地說：「這事您也知道啦？」

程遠笑笑說：「我雖然退了下來，在東海省還有幾個耳目的。這個金達也真是的，就那麼點事，卻被他上綱上線到免職這麼嚴重。」

傅華自責說：「我也有做得不好的地方啦。」

「得了吧，什麼叫你也有做得不好的地方，現在做招商引資工作的，有幾個能不去應酬投資商啊？這擺明了金達是在整你嘛。誒，曲煒啊，你回去跟呂書記說一聲，他是不是也太寵金達了，他這麼嚴厲處分傅華，還讓下面的同志做工作不做啦？」程遠替傅華大感不平地說。

曲煒趕忙說：「呂書記對金達的處置也很不滿，為此還專門批評了他。」

程遠大為搖頭地說：「金達這個同志啊，我一直不看好，沒有度量，格局太小，如果讓他做某一件事，他也許會做得很好，但如果讓他擔負起領導者的角色，他是欠缺能力的，偏偏郭奎和呂紀都那麼看好他。」

曲煒看程遠這麼不喜歡金達，心中暗喜，這樣高層在詢問程遠東海省常務副省長人選的時候，估計程遠肯定不會推薦金達的了。

曲煒理解地說：「金達是郭奎書記一手帶出來的，自然會多愛護他一點了。」

程遠很不以為然地說：「愛護太多並不是一件好事啊，溫室裏的花朵是經不起風雨的。反倒是你，經過那次的挫折，變得越來越大氣了，這是一種成熟的表現。我相信如果有合適的機會，你一定可以走上更重要的崗位上去的。」

曲煒謙虛地說：「您太誇獎我了，我一個犯過錯的人能夠做到今天這個地步，我已經很知足了。」

程遠笑了起來，別有意味的說：「曲煒，你這可有點言不由衷啊，你可別說你心中一點也不想再往上走了？」

曲煒語帶保留地說：「想是想過，不過您也知道，我是犯過錯的人，再想往上走，這種可能性很低了。」

程遠笑笑說：「犯過錯又怎麼了，人非聖賢孰能無過？改正了錯誤就是好同志啊。你這個傢伙，跑來我家跟我玩起心眼來了，你實話說，你這次跑來北京是幹什麼啊？」

曲煒讚說：「您老真是法眼如炬啊，我這次來是想拜訪幾位老領導，向他們彙報一下東海省的工作情況，也瞭解一下他們對東海省接下來時局變化的看法。」

程遠聽了笑說：「這還差不多，想來北京看看風向，就實話實說嘛。」

於是曲煒說道：「程書記，那我就直接問了。您覺得呂書記這次離開東海省的可能性有多大啊？」

程遠笑了一下，說：「你這個問題我還真是不太好回答你，人事沒有正式公佈前總是存在變數的，不過這應該是幾成定局的了。呂紀主政東海這段時間，表現的一直並不亮眼，高層對他很失望。怎麼，他不想離開東海省？」

曲煒點點頭，委婉的說：「呂書記認為他在東海的時日尚短，很多工作還沒有真正的鋪陳開，就這麼離開，他有些不甘心。」

曲煒這是在試探程遠，看看以程遠的眼光來看，呂紀有沒有留在東海省的可能。

程遠批評說：「不甘心，他早幹什麼去了？呂紀這個人別的都還不錯，唯一的缺陷就是魄力不足。不過我也理解他，東海這個地方本土勢力強大，想要掌控全局不是件容易的事。這一點鄧子峰就做得很好，他到東海雖然比呂紀晚，融入的卻比呂紀要快。這也是高層比較賞識鄧子峰的地方。」

聽程遠這麼說，曲煒心裏明白呂紀留在東海省的機會不大了。看來呂紀這次的行動就算取得了預期的效果，高層也不會讓他留在東海，頂多讓鄧子峰無法順利上位罷了。

從程遠家出來，曲煒和傅華又去人大拜訪了郭奎。

在郭奎面前，曲煒說話就比較謹慎，畢竟郭奎跟金達的關係更深一些，曲煒不想說金達什麼小話，以免惹郭奎不高興。郭奎似乎也不太想提金達的事，只是問了些東海目前的狀況，甚至沒問金達的病情。

接下來，曲煒又拜訪了幾位老領導，拜訪完已經是晚上了。就和傅華一起回到省駐京辦，在省駐京辦吃晚飯。兩人開了瓶紅酒，邊吃邊聊著。

傅華看出這一天拜訪下來，曲煒的心情並不是很好，似乎是在為呂紀擔心。

吃了一會兒，曲煒放下筷子，嘆了口氣，想說什麼卻欲言又止的。

傅華忍不住說：「市長，您這是在擔心呂紀書記吧？」

曲煒點點頭，煩躁地說：「是啊，按照原定計畫，明天呂書記就會採取行動了。但今天這一圈拜訪老領導下來，他們對呂書記在東海的工作都並不看好，看來就算是行動取得了預期的效果，也只能為他人作嫁了。我現在有點猶豫，是不是還讓呂書記按照計畫採取行動，因為行動的結果萬一不如預期，呂書記很可能會被高層責怪的。」

傅華看了看曲煒，說：「市長，您以前可不是這麼猶豫的人啊。」

曲煒苦笑了一下，說：「以前是以前，這幾年秘書長做下來，我已經習慣把各方面的因素都考慮清楚才行動，所以我很怕這一次我考慮的不夠周全，說不定會因此害了呂書記。」

傅華安慰說：「可是您想過沒有，事情都到了這個地步，呂書記會停下來什麼都不做嗎？」

曲煒說：「這個很難說，這件事是呂書記自己決定要做的，他可能是對鄧子峰所作所為實在是忍無可忍了，才下定決心的。」

傅華說：「是啊，他事先應該是經過深思熟慮的，我想你就是建議他撤銷這個決定，他也不一定會接受的。」

曲煒嘆了口氣說：「也是啊，現在各方面的佈局已經是箭在弦上，不得不發了，這時候呂書記恐怕也不會收手的。」

傅華勸說：「既然這樣，您就不要去想呂書記的事了吧，還是養好精神，準備明天跟田副部長的見面吧。」

曲煒點點頭，說：「現在也只好這樣了。」

第二天上午，東海省委在呂紀的主持下，召開了緊急常委會議。在會議上，就王雙河以及盧丁山的違紀行為被提了出來。

呂紀嚴厲地抨擊了王雙河和盧丁山的行為，認為必須將這兩人清除出東海省的幹部隊伍，並依法追究其刑事責任。

講完，呂紀看了看鄧子峰，說：「老鄧，我知道你一向力主打貪倡廉，王雙河和盧丁山的行為實在是太惡劣了，我決定跟你學習，也做一個反腐倡廉的行動者，希望你能和我一起對這些醜惡現象鬥爭到底。」

在呂紀的注視下，鄧子峰很尷尬的笑了一下。他對呂紀突然的發難沒有絲毫心理準備，心中暗自叫苦，他很明白呂紀對這兩個人下手，目標其實是指向他和孟副省長。鄧子峰的目光便轉向孟副省長，孟副省長的臉色也是一片蒼白，顯然他也被呂紀打了個措手不及。

鄧子峰收回目光，看了看呂紀，暗罵呂紀是混蛋，竟然這麼算計他，但嘴上卻義正詞嚴的說：「呂書記說得很對，對這些分子的醜惡行為我們不能姑息，必須要鬥爭到底……」

呂紀看鄧子峰講話時，臉上的肌肉有點抽搐，心裏冷笑一聲，你這個偽君子不是老愛標榜自己清廉嗎？我就讓這個王雙河扒掉你這張虛偽的畫皮，看你還怎麼裝下去。

等鄧子峰慷慨激昂的講完，呂紀的目光轉向下一個目標——孟副省長，說：「老孟，說說你的看法吧。」

孟副省長看呂紀點到他，強自鎮靜的笑了笑。他此刻心中十分慌亂。相比起鄧子峰來，他的事要嚴重得多，鄧子峰只不過是關照一下老領導的兒子，本身並沒有參與違法行為，他則是跟盧丁山一起做了不少違法的事，更別說其他不能說的骯髒事了。

孟副省長心中問候遍了呂紀的十八代祖宗，卻不得不表態支持呂紀，也趕忙說了些官樣文章的套話。

呂紀看孟副省長狼狽的樣子，心裏十分愜意，這個看上去強大的對手此刻讓人覺得不堪一擊，看來要擊敗他也不是不可能的。同時他也暗自慶幸，幸好他在東海省經營多年，還算是把持住了紀檢部門，現在才能利用這個武器來對付鄧子峰和孟副省長。

這次的常委會，常委們罕見的達成了一致，都同意對盧丁山和王雙河採取相關的強制措施。因為沒有人會公開的跟反腐倡廉作對的，那樣豈不是說自己也是貪腐分子嗎，所以大會很快做成了決議。

宣布散會後，呂紀昂然的走出會議室。這次的常委會以鄧子峰和孟副省長慘敗而結束。

但是，這僅僅是拉開了戰爭的序幕而已，呂紀還沒有獲得最終的勝利，下一步就要看鄧子峰和孟副省長要怎麼應對了。

呂紀很清楚要想扳倒這兩個傢伙，僅僅靠王雙河和盧丁山是不夠的。上到省部級這個層次，每個人的背後都有一定的人脈支持，要想扳倒他們哪有那麼容易，不過現在形勢對呂紀是很有利的，他已經佔據了先手，下一步就等有人來跟他商談交換的條件了。

呂紀走出會議室，鄧子峰陰沉著臉，緊隨其後也走出了會議室，他要趕回東海省去。

此刻他心情十分不爽，他看得出來，呂紀突然這麼高調的展開反腐倡廉的行動，目的很簡單，就是要引起高層對他的注意，希望高層能夠改變將他調出東海省的決定，讓他留任東海省委書記。

這算是呂紀的垂死掙扎。不過，你掙扎你的啊，幹嘛拖上我來墊背啊?!

鄧子峰回到辦公室，就拿起電話打給蘇南。

「蘇南，你要有個心理準備，王雙河和你們的私下交易可能會被揭露出來了。」

蘇南驚訝的說：「鄧叔，王雙河不是已經去了省文聯了嗎？怎麼這件事又被揪了出來？是誰在搞鬼啊？」

鄧子峰說：「是呂紀，這傢伙不甘心被調離東海省，就想搞點事情出來，雖然打的是你，針對的卻是我。」

蘇南罵說：「這傢伙太陰險了，鄧叔，您不會有什麼麻煩吧？」

鄧子峰說：「麻煩當然會有，不過並不嚴重，這事對我來說可大可小，我就怕會被有心人利用對付我。」

東海省委書記這個位置很重要，一般來說，成為東海省省委書記之後，很自然的就會進政治局，成為核心領導層中的一員。這麼重要的位置不會沒人惦記，鄧子峰相信這次的事一定會成為有心人攻擊他的靶標，借機跟他爭奪這個省委書記的寶座。

蘇南是世家子弟，聞言就知道他給鄧子峰惹上麻煩了，抱歉地說：「對不起啊鄧叔，讓你受我牽累了。」

鄧子峰灑脫地說：「你跟我說這話就有些見外了，沒什麼大不了的，頂多影響到我接呂紀的位子罷了。」

蘇南心中十分的歉疚，但是他現在能做的，也就只有看如何補救了，便說：「鄧叔，您看我現在能為您做點什麼？」

鄧子峰吩咐說：「我需要你去做兩件事，一是把事情處理得乾淨點，最好不要牽涉到你個人身上去；你不牽涉進去，我也好說話些。」

蘇南立即說：「我已經有所安排了，之前傅華提醒過我，所以我事先做了一些準備。」

鄧子峰嘆了口氣，說：「他也提醒過我，可惜我並沒有完全聽他的。誒，你要注意啊，這些事少跟傅華講。他的老上司曲煒可是呂紀的陣前大將，我很懷疑呂紀這次突然發難，就是曲煒在背後策劃的。」

對傅華和曲煒的關係，鄧子峰一直有所警惕。他和呂紀正是短兵相接之時，曲煒卻在這個敏感時候跑去北京，一定有什麼陰謀。鄧子峰就更不想讓傅華知道，從而洩露給曲煒。

蘇南答應說：「這個我會注意的。」

鄧子峰接著說道：「我需要你做的另外一件事，就是把情況跟蘇老說一下，讓他看看是不是可以在適當的時候出面幫我維護一下。」

鄧子峰看似平靜的臉上，其實心裏可是波濤洶湧的，他知道單靠一己的力量是無法確保自己能夠順利上位的。他需要把蘇老搬出來作為保障。蘇老雖然退隱多年，但是在高層界總還有一些影響力。

蘇南說：「這個我明白，我會跟我父親講的。」

「行了，你就按照我說的去做吧。就這樣。」鄧子峰就掛了蘇南的電話，坐在那裏陷入沉思。

現在呂紀已經占了先手，他則是在被動挨打的困境中，要如何化解這個局面呢？孟副省長也是呂紀的攻擊目標，要不要跟孟副省長聯手一起來反擊呂紀呢？

第六章

仕途伯樂

曲煒說：「不知道您有沒有這種感覺，
仕途上很需要有真正賞識你的伯樂，
對我來說，郭奎和呂紀兩位書記就是我的伯樂，
如果不是他們，我的仕途可能早就完了。
所以我對這兩位書記是發自內心的感激。」

北京，晚上九點。

傅華陪曲煒到了田漢傑的家中，田漢傑和父親田副部長在家中等候著他們。

田副部長看上去是個很平和的人，雙方握手寒暄了幾句後，就分賓主坐下。

曲煒說：「初次登門拜訪，也不知道您喜歡什麼，就帶了兩盒清原龍井過來，這是東海省清原市產的，算是一點特產，希望您不要嫌棄。」

曲煒選擇清原龍井作為伴手禮，也是經過一番考量的。初次登門拜訪，空手來顯然不禮貌；但是帶太貴重的禮物，又顯得很冒昧，如果田副部長不收，那會很尷尬的。茶葉這種東西，帶有文雅的意味，又是東海省很出名的特產，選擇它作為禮物十分合適。

田副部長接過茶葉，笑笑說：「清原龍井我還是第一次聽說，本來我以為茶葉大多是南方出產，想不到地處北方的東海省竟然也產茶啊。」

曲煒解釋說：「本來是不產的，是最近幾年清遠的市長發現清原土質很適合種茶，就大力推廣。結果種出來的茶葉品質還真是不錯，當地的農民也因此富裕了起來呢。」

田副部長稱讚說：「這個市長不錯，算是為官一任造福一方了。」

曲煒笑說：「是啊，當地人提起這個市長都是交口稱讚呢。」

田副部長說：「農民都很樸實，你為他們做了事情，他們都會念及你的好的。」說到這裏，田副部長轉頭對傅華說：「小傅同志啊，你的事我聽漢傑說了，讓你被他們牽累，我這個做父親的很不好意思。」

傅華趕忙說：「您太客氣了，怎麼能說是牽累呢？漢傑是我請去海川的，我還覺得沒有照顧好他呢。再說，我被免職是因為某位領導看我不順眼，責任不在漢傑身上的。」

田副部長笑笑說：「說起來你們這位市領導還真是嚴厲啊，這麼一點小事就給他上升到免職這種高度，想來他是一位清廉的領導了？」

田漢傑在一旁說：「爸，您不瞭解情況就不要想當然了，這傢伙清廉什麼啊，他才被媒體踢爆說修山置業未繳足土地出讓金就辦下了土地使用權證，就是走了這傢伙的門路呢。」

田副部長斥責兒子說：「漢傑，沒有證據的事不要瞎說，那條消息我也看了，不過可沒點名說就是某人做的。你說是吧，小傅同志？」

傅華說：「您說的是，沒有證據的事不能瞎說。不過這報導也不完全是臆測之詞，修山置業是透過這位市領導才到海川發展的。所以報導雖然沒有點名，但海川市的人都知道這報導指的是誰。」

田副部長笑了一下，沒有對傅華的說法加以評論，轉頭對曲煒說：「曲秘書長，你很不容易啊，我看過你的履歷，你還犯過一點小錯誤啊？」

田副部長提起曲煒犯錯的事，也是對他的一種考察。如果他要推薦曲煒出任東海省的常務副省長，必需要從曲煒這裏得到解釋，好去應對別人對曲煒的質疑。

曲煒說：「說起來有些不好意思，那時候我在仕途上順風順水，就不免在私生活方面犯了錯誤，被省裏處分後，我認識到自身還有很多缺陷，就沉下心來好好檢討錯誤。幸好郭奎和呂紀兩位書記並沒有因為我犯了錯就將我一棒子打死，還提拔任用我，我才有機會坐到市委秘書長的位置。」

說到這裏，曲煒看了看田副部長，說：「不知道您有沒有這種感覺，仕途上很需要有真正賞識你的伯樂，對我來說，郭奎和呂紀兩位書記就是我的伯樂，如果不是他們，我的仕途可能早就完了。所以我對這兩位書記是發自內心的感激。」

曲煒這麼說，一方面表明自己不會再輕易犯錯，也表達他對提拔他的人都會心存感激。

田副部長笑笑說：「挫折有時候也是一種財富，如果不是這次犯錯誤，你也不會這麼沉穩，這麼內斂了吧？」

曲煒自嘲說：「您說得很對，當初的我可是很張揚的。」

田副部長說：「張揚在年輕人身上可能是一種優點，但在你我這個層次的人來說，就是一個致命的弱點了。誒，曲秘書長，您對小傅同志這次被處分的事怎麼看的啊？」

曲煒回說：「我認為雖然有些嚴厲了，但是當時輿論鬧得正厲害，不嚴厲一點處分是無法安撫民眾的，所以也不能說海川市市委的處分就是錯的。」

田副部長點點頭說：「您這是從一個領導者的角度去看的。估計小傅同志會對此有不同的意見吧？」

傅華說：「我心裏當然有些不滿，但是我也清楚市委的壓力，所以我沒跟他們爭執什麼，老實的接受下來。唉，沒辦法，誰叫我遇到了一個氣量狹小的領導呢！說起來也挺有意思的，您知道嗎，我被處分了沒什麼事，這位領導卻中風了。」

田漢傑大笑著說：「傅哥，真的假的？這傢伙竟然把自己給氣中風了，可真是太滑稽了。」

傅華說：「什麼真的假的，當然是真的了，他現在還在醫院住著呢。」

傅華點出金達中風的事，是因為組織在考核幹部適不適合擔任某些職務時，身體健康也是一項很重要的因素。他把金達中風的消息傳遞給田副部長，就可以讓田副部長在參與討論金達的任命時，可以拿身體健康作為否決金達的理由。

果然，田副部長眼睛亮了一下，說：「小傅同志，你是說你們這位領導現在還在住院？很嚴重嗎？」

傅華說：「嚴重倒不嚴重，不過因為中風，他的嘴巴都歪了。」

田漢傑笑說：「這傢伙居然成了一個歪嘴，真是太好笑了，我真想去看看他的樣子。」

田副部長瞪了田漢傑一眼，說：「漢傑，你有點同情心好不好，人家都病了，你還說這種風涼話。」

田漢傑對父親有些畏懼，趕忙低下頭說：「好，我知道了。」

田副部長便說：「這傢伙的度量還真是不大啊。他的履歷我也看過，他出任市委書記後，政績我沒看到多少，反倒是事故挺多的，什麼紅豔后酒吧大火、又是副市長墜樓……我有些奇怪東海省的組織部門在幹什麼，怎麼會把這樣一個人放到那麼重要的領導崗位上呢？」

曲煒解釋說：「他原本是省政府搞政策研究的，為東海省的改革政策做了一些貢獻，所以呂書記和郭書記才會那麼賞識他。」

田副部長聽了說：「原來是個只會紙上談兵的傢伙啊。」

田副部長不再把關注焦點放在金達身上，開始問起曲煒東海省的一些經濟發展狀況，這個曲煒早有準備，應對的十分得體。

結束會面時，田副部長看上去對曲煒很是欣賞，笑說：「曲秘書長，今天您算是認了我的家門了，以後再來北京，別忘了來見見我啊。」

曲煒熱情地回應說：「一定。誒，田副部長，您也別老待在北京，也下基層走走才是啊，我隨時歡迎您到我們東海省去看看。」

田副部長笑笑說：「有機會我一定去看看的。」

兩人坐車回省駐京辦的途中，在車上曲煒對傅華說：「這個田副部長為人處事很不錯，我這趟總算沒有白來。」

看來曲煒對這次見面的效果很滿意。傅華也覺得這次見面很完美，該傳達的消息都傳達給了田副部長，曲煒也給田副部長留下了一個很好的印象。

到了省駐京辦，曲煒拍了拍傅華的肩膀說：「行了，傅華，明天你就在家好好休息，不用過來了。」

傅華說：「怎麼，市長急著回去？」

曲煒搖搖頭說：「我還沒要回去呢，東海那邊戰役已經開打了，我這時候回去有點敏感，所以我還要在這裏躲兩天清閒。只是我沒什麼事要辦了，不需要你陪在我的身邊。」

傅華說：「好，我回家了，如果您有什麼需要，打電話給我。」

曲煒笑笑說：「行了，你走吧。」

傅華開車剛離開省駐京辦不遠，他的手機響了起來，是馮葵的電話，就接通了。

「還沒睡啊？」

馮葵的聲音慵懶的傳來，說：「還沒呢，想你想的睡不著。誒，你不過來陪我一下嗎？」

傅華笑了起來，說：「切，你當我不知道啊，你們這些人都是夜貓子，這時候是你們精神正好的時候呢，不想我你也睡不著的。」

馮葵嬌嗔說：「你這個傢伙，總是這麼不解風情，你就順著我說幾句好聽的會怎樣啊？」

傅華笑說：「別囉嗦了，有什麼事啊。」

馮葵說：「你今晚跟田漢傑的父親見面了？」

傅華說：「嗯，效果還不錯。」

馮葵關心地說：「漢傑說你很重視你這個前上司，想要促成他能夠接任東海省常務副省長。不過漢傑的父親並不具有絕對的權威，能不能幫你達成願望還很難說，要不要我再幫你找找別的關係啊？」

傅華搖搖頭，說：「不用了，有時候找太多的關係反而不是件好事。」

馮葵想了想說：「這倒也是。誒，你聽說了沒，今天召開的東海省常委會上，呂紀發動了對鄧子峰和孟副省長的攻擊，把兩人搞得十分的狼狽。」

傅華心想這可能就是曲煒所說的呂紀發動了戰役。他對此興趣不大，反倒是對馮葵知道這個情況很意外，說：「你什麼時候對東海省政壇這麼感興趣了？」

馮葵說：「我不是交往了一個混蛋男友在東海嗎？這傢伙就在我面前有

本事，其餘的時候就成天被人欺負，現在連職務都被罷免了，你說我能不幫他多留意一下嘛。」

傅華笑罵說：「我有你說的那麼差勁嗎？再說，我的關係在海川市，離東海省還有一點距離，你去留意東海省的事豈不是白做工嗎。」

馮葵說：「我可不這麼認為，要改變海川市的某些事，有時必須要從東海省上著眼的。」

傅華心中有些感動，這些事本來馮葵是無需去關心的，但是她為了他在關注著，這份情意十分可貴。

傅華不禁感激地說：「謝謝你了，小葵。」

馮葵笑笑說：「謝我幹啥啊，我又沒做什麼。誒，你確定你不過來嗎？我現在可是什麼都沒穿躺在床上，我高聳的山峰和光滑的肌膚可都渴望著你的撫摸呢。」

一幅香豔的景象馬上就浮現在傅華眼前，讓他心悸神搖，一陣恍惚，腳下不由自主的一用勁，油門踩到了底，差點撞到前面的車子，幸好傅華及時清醒過來，趕緊鬆了油門，這才堪堪避過一場車禍。

早上，金達的專車停在海川市委辦公大樓門前，金達從車上走了下來，低著頭往大樓裏走。

他的嘴因為中風還呈現一種歪斜的狀態，所以他走路沒有昂首挺胸，而是垂著頭不想讓太多人注意到。

經過幾天的治療，金達的中風症狀大致無礙，只是還剩下歪嘴這一塊還沒有恢復。醫生說要想完全恢復，需要治療一段時間才有可能，所以要求金達繼續住院治療。

但是金達怎麼可能繼續留在醫院呢？他現在正處於上位的關鍵期，如果被上面知道他健康不佳，可是會失去上升機會的，因而態度堅決的出了院。

市委大樓門前有幾層臺階，金達眉頭皺了一下，雖然他的行動無礙，但是肢體還是有些僵硬，上下臺階就要比往常費勁得多。

這時秘書跟過來，伸手想要去攙扶金達，卻被金達嚴厲的眼神瞪了回去。他心說：你真是不懂得看眼色，一個市委書記在辦公大樓前被人攙扶著上臺階像個什麼樣子啊？這來來往往的人會怎麼看他啊？

所以臺階雖然上得很困難，但是金達仍然堅持自己咬牙去上。他抬起左腿，艱難地邁上第一層臺階，然後試了一下身體的平衡感，確信不會摔倒，才再抬起右腳邁上下一個臺階。

秘書小心的跟在一旁，緊張的看著金達，準備著金達稍有摔倒的跡象，就馬上搶過去扶住金達。

就這樣子上了五層臺階，雖然比平常稍慢了一點，但是金達的步子邁得還算穩，不過這時他額頭上已經滿頭大汗了。

他心想還有四層臺階就到了，正在這時，市委副書記于捷到了，他從車上下來，就看到金達緩慢上臺階的樣子，他自然不會錯過這個好機會，快步跑到金達的面前，上去一把攙住了金達，嘴裏責怪說：「哎呀，金書記，您怎麼能這樣子呢，太危險了，要是摔倒可就不好了。」

又回頭對金達的秘書生氣地說：「你怎麼幹工作的，金書記這樣子你怎麼也不攙一把啊？」

于捷的這副做派讓金達心中暗自苦笑，他撐了半天，被于捷這麼一攙完全破功了，看在別人眼裏會覺得金達身體這麼虛弱，走路都需要人攙扶了。

金達乾笑了一下，說：「老于，你不要怪他，是我不要他扶的，醫生囑咐說我要想快點恢復，就要多活動，我剛才是想鍛煉一下的。」

但是于捷並沒有要讓金達過關的意思，假做好意地說：

「哎呀金書記，不是我說您，怎麼能在這裏鍛煉呢？這個臺階連個扶手都沒有，一旦您摔倒了可就很危險了。您是我們海川市領導班子的班長，對我們海川實在太重要了，千萬不能再出什麼岔子了。所以我強烈要求您在上下臺階的時候，一定要有人攙扶才行。」

于捷這種明面上關懷，暗地裏卻使壞的招數，讓金達暗罵不已，卻無可奈何，只好說：「行，我會注意的。謝謝你了，老于。」

于捷心中竊喜，一直以來他都被金達和孫守義聯手壓得死死的，今天總算有機會小小的報復一下了。他燦笑了起來，說：「說什麼謝啊，您太客氣了！」

金達心知于捷有幸災樂禍的成分，卻不敢動怒，以免再次發病；而且生氣的話，就讓于捷得逞了。這樣一想，他的情緒就平復下來，也不再推辭，索性就聽憑于捷和秘書兩人一起扶著他上臺階，甚至故意的把身體的重量壓在于捷那邊，讓于捷頗為吃力。

終於上完最後四層臺階，金達拍了拍于捷的肩膀，說：「老于，有你扶我這一把，我感覺輕鬆多了。不過你身子板似乎弱了點，有點力量不足啊。」

金達話裏的潛臺詞是你這傢伙也別幸災樂禍，不管怎麼說我還在市委書記的位置上，還是你的領導，你的能力很差，不可能擔任市委書記重任的。

于捷臉上的笑容就有點僵硬，剛才報復金達的快感立馬消失了。

金達看到于捷的表情變化，暗自得意。到了平地，他也無需再讓秘書和于捷攙扶，就放開兩人，自己往前走，走得很是自如，速度也不比正常人慢。

于捷看金達這個樣子，心中越發的鬱悶，也只得把心中的不快藏起來。快步跟上金達，跟金達一起進了電梯。

金達靠在電梯的一側，神情怡然自得，于捷看了越是不爽，心想不能讓金達這麼得意，他該找點什麼東西噁心噁心金達才行。

于捷就笑了一下，說：「金書記，不知道您看了這幾天的報紙沒有啊？有件事很奇怪，居然有報導說修山置業走通我們市裏某位領導的門路，說沒交齊土地出讓金就把土地使用權證給辦了下來。這不知道是事實，還是媒體在污蔑我們海川市呢？您看是不是在常委會上研究一下如何處理這個報導。如果不是事實，我們可以追究媒體報導不實的責任；如果是事實，您一向主張清廉治市，是不是查一下究竟是哪位市領導拿了修山置業的好處，幫修山置業違規把土地使用權證辦了出來。」

金達不再怡然自得，臉色頓時變得烏青，他就是因為這篇報導才會中風再次發作的，此刻于捷提起來，讓他再度心驚肉跳。他看了于捷一眼，正好對上于捷的眼神，于捷也在觀察他的反應。金達趕忙告誡自己不要生氣，氣壞身體就中了于捷的詭計了。

金達冷笑一聲，說：「這種捕風捉影的事還要上常委會上研究，難道常委會閒得沒事做了嗎？老于啊，有時間就把心思多放在工作上，不要老是去關注這些八卦。」

說話間，正好到了金達辦公室所在的樓層，電梯門打開，金達就不再跟于捷糾纏，走出了電梯。

在辦公室坐下來的金達臉上疲態盡顯。于捷剛才的話提醒了他，現在困擾他的不僅是身體上的疾病，還有修山置業這段違規辦證的麻煩事。

那篇報導雖然表面上攻擊的目標是修山置業，他只不過是順帶著被提了一下而已，而且沒有指名道姓。但是金達心中很明白這篇報導的真正目標一定是他。

海川市人沒有不知道修山置業是他引進海川的，這篇報導中所說的走通某位市領導的門路，不言而喻，指的就是他。

這是要毀掉他一向標榜的清廉形象，清廉是金達在政壇上立足的根本，這個根本如果被毀了，那他還有什麼顏面去面對社會公眾?!

揭發這件事的人用心真是太惡毒了，而這個人，除了傅華不會是別人了。傅華基本上全程參與了喬玉甄和修山置業進入海川的全部過程，除了金達和喬玉甄外，沒有人比傅華更瞭解這件事。

金達對傅華自然是恨得牙癢癢的，但是現在傅華已經被免職了，金達即使再恨他，也沒什麼辦法整治他。

金達此刻意識到呂紀罵他愚蠢不無道理，他因為一時意氣把傅華免職了，也徹底激怒了傅華。傅華對他的很多事知根知底，如果利用手中掌握的東西來對付他，那將是很恐怖的事。他卻一點對付傅華的手段都沒有。這不是愚蠢又是什麼?!

衝動真的是魔鬼，竟然把他蒙蔽到連這麼明顯的事都看不到，金達暗自懊惱，自己竟會因為嫉恨傅華就失去了理智。

現在的問題是他該如何解決修山置業違規辦證帶來的麻煩。更糟的是呂紀現在很不待見他，失去了呂紀的庇護，金達很擔心省裏會拿這件事大做他的文章，那他可控制不住局面了。也許他應該先把傅華的事放一放，不要再去針對他了。

第七章

雷霆雨露

官場上很多事都是說不清道不明的，
上級的意思是最難揣摩的，
你不知道什麼時候他們會突然變臉，
所謂雷霆雨露均是君恩，作為下級部屬，
大多數時候除了接受，根本無力反抗。
孫守義便很擔心金達會成為王雙河第二。

金達正在思考著，孫守義敲門走了進來，說：「您怎麼不多休養些日子啊，您身體沒養好就來上班，可別再累出病來。」

金達說：「我這人閒不住，在醫院這兩天已經讓我悶得要死了，再待下去的話，我怕會悶出新的毛病來。」

孫守義笑笑說：「那您工作的時候可要注意點，多休息，別累著。」

金達說：「這我自己有分寸的。誒，老孫，你是過來看我的，還是有別的事找我啊？」

孫守義看了一眼金達，說：「是有點事要跟您說一下，不妨事吧？」

金達說：「沒事，說吧，你要跟我談什麼？」

孫守義小心的說道：「我想跟您說的是修山置業的事，現在媒體已經把他們違規的事披露了出來，讓我們市政府處境尷尬，您看能不能跟修山置業溝通一下，讓他們儘快把土地出讓金交足啊。」

孫守義對修山置業的事也很緊張，他也參與了違規辦證這件事。如果在以往，他不會覺得這有什麼大不了的，就算出問題，還有金達在前面擋著，金達又有呂紀庇護，這點小事含糊一下就能過關的。

但是現在情形不同了，呂紀突然展開對鄧子峰和孟副省長兩人的攻擊，原本平靜的東海政壇一下子變得波譎雲詭起來。似乎這次呂紀是想破釜沉舟，跟鄧子峰和孟副省長來個生死對決。

在雙方激烈博奕的過程中，任何一點小錯誤都有可能被放大，因此孫守義不敢稍有疏忽，怕被對手抓到把柄。

王雙河和盧丁山就是這樣，這兩人其實跟鄧子峰和呂紀、孟副省長這東海的三大老之間的博奕關係不大，但不幸的是他們身上都有錯誤，就給了別人可乘之機，從而成了大老間博奕的犧牲品。

官場上很多事都是說不清道不明的，上級的意思是最難揣摩的，你不知道什麼時候他們會突然變臉，所謂雷霆雨露均是君恩，作為下級部屬，大多數時候除了接受，根本無力反抗。

孫守義便很擔心金達會成為王雙河第二，王雙河是呂紀的人馬，但是呂紀為了打擊鄧子峰，不顧往昔之情犧牲了王雙河，很難說呂紀不會同樣也犧牲金達。而孫守義是鄧子峰一派的人馬，自然也是呂紀可能要對付的目標。

所以孫守義有點坐不住了，趕緊來找金達商量這件事情的善後。如果修山置業趕快把土地出讓金交足，政府就沒有什麼損失，沒有損失，也就不會有人太過深究這件事了。

金達神情嚴肅的說：「老孫，我也正為這件事情犯難呢，恐怕修山置業不會那麼痛快的把土地出讓金補足的。」

金達催過喬玉甄好幾次，但是喬玉甄都以種種理由拖延搪塞，金達看出喬玉甄根本沒有這個資金實力；加上喬玉甄又幫他跟謝精省建立了聯繫，他自然不好對喬玉甄太過苛責。

孫守義不滿的看了金達一眼，現在東海形勢這麼複雜，省裏隨時都有可能拿這件事追責，這時候不趕緊想辦法逼著修山置業付錢，難道等把官職給丟了再去逼著他們交啊？

他感覺金達有點遲鈍的可怕，而且做事沒有章法，也失去了理智，好比傅華被免職的事，他像是被什麼東西迷了心竅一樣，這完全是過去老人說的走霉運的前奏啊。

孫守義覺得不能任由事情這樣持續下去，市政府必須要有一個態度，便對金達說：「金書記，這不能任由修山置業說什麼就是什麼，海川市畢竟是一級政府，怎麼能讓一家企業牽著鼻子走呢？你跟對方說一聲，如果他們再不交，海川市政府就要啟動後續的程序，撤銷他們的土地權證了。」

土地使用權證是在金達打招呼的前提下辦出來的，孫守義要撤銷，等於是在打金達的臉。而且謝精省正要推薦他成為東海省常務副省長呢，金達可不想在這時候去惹惱喬玉甄。

金達就很不高興的看了孫守義一眼，說：「老孫，你別這麼衝動行不行啊？人家企業到我們海川市來投資也不容易，就當給他們一點支持嘛。」

孫守義忍不住說：「我不知道您是怎麼想的，你難道不覺得這已經不是一件單純的商業事務了嗎？有人是要拿這件事大做你我的文章，現在讓修山置業趕緊把錢補上，我們還可以解釋的過去，如果省裏查辦這件事，知道我們還沒把錢補齊，那可能就會有麻煩了。」

金達何嘗不知道問題的嚴重性，但是他現在進退兩難，不逼修山置業交錢，他要面對媒體和社會公眾的質疑；可是逼修山置業交錢，又會得罪喬玉甄，得罪了喬玉甄，他可就失去成為常務副省長的機會了。

兩相權衡，金達覺得還是喬玉甄對他比較重要。如果他能順利成為常務副省長，也就沒人會再就這件事找他麻煩了。因此金達心中的天平倒向了喬玉甄，想先拖過這段時間再說。

金達便笑笑說：「老孫，你先別急嘛，這樣吧，你給我一點時間，我再催他們一下，行嗎？」

孫守義不想跟金達鬧僵，金達手裏還握著他和劉麗華的把柄呢，逼急了金達對他也沒什麼好處。只好說：「可以啊，不過希望您儘快吧。」

孫守義就離開了，金達抓起電話想要打給喬玉甄，腦袋突然一陣暈眩，心裏一陣惶恐，手也無力抓住話筒，話筒砰地一聲掉在桌上。

金達暗叫一聲壞了，剛才被孫守義和于捷連翻折騰，他的情緒波動太大，很可能血壓又升高了。他趕忙深呼吸，靜坐在那裏，讓自己的情緒平復下來，過了好一會兒，症狀才慢慢好轉，不再暈眩，手也有了力氣。

金達鬆了一口氣，幸好沒事。他知道會出現這個狀況，就是他的休息時間太短，病根並沒有徹底去掉所致。

金達又調整了一下情緒，才再次拿起電話打給喬玉甄。

喬玉甄一接電話，就關心地問候說：「金書記，我上次打電話給你，秘書說你病了住院，現在好了嗎？」

金達說：「還沒好徹底，不過不需要住院了。」

喬玉甄說：「這麼說就是不要緊了，我還真是擔心呢，你這病的時間點不太好啊，正好在謝副部長推薦你出任常務副省長的關鍵時期，如果有什麼大礙，可就錯過大好的機會了。」

金達立即說：「我知道。現在我的身體已經無礙了。誒，謝副部長那裏可有什麼進一步的消息嗎？」

喬玉甄笑笑說：「沒有什麼新的情況，您放心好了，謝副部長會幫你搞定的。」

現在正是考察階段，沒什麼新消息出來也很正常，這也表示一切進展順利，其實是個好消息。

金達就說：「那就好。喬董啊，有件事我要跟你說一下，媒體報導修山置業違規辦理土地使用權證的事你該看到了吧？」

喬玉甄埋怨說：「這我看到了，我還正想問你呢，你們海川市怎麼回事啊？那麼重要的資料怎麼會洩露出去啊？你們相關部門的保密措施做得也太差了吧？搞得我很被動，你知道嗎？」

那篇報導讓修山置業的股價大跌，差點搞得喬玉甄出售修山置業的交易失敗，逼得喬玉甄不得不找她身後的大人物施壓給交易的對方，才勉強讓交易繼續。因為這個，讓喬玉甄對海川市滿腹牢騷，認為他們應該對此負責。

喬玉甄接著說道：「金書記，我覺得你們要查一下，看看是誰將這些資料洩露了出去。」

喬玉甄這麼說意味著她對官場上的事並不懂，這整件事根本就無法查。

金達苦笑了一下，說：「這我怎麼查啊？你們辦這個土地使用權證本就是違規的，要鄭重其事的調查的話，那整件事就必須攤在桌面上，那樣還沒查到對方是誰，我們就會先有麻煩的。」

喬玉甄質疑說：「那就這樣放過他了？我跟你說，我這次可是損失很大的。」

金達哼了聲說：「其實不用查我也知道是誰在背後搞的鬼，這一定是傅華搞出來的，目的是為了報復我免掉了他駐京辦主任的職務。」

「你免掉傅華的職務？」喬玉甄驚訝的問：「這什麼時候的事啊？」自從跟傅華鬧翻後，喬玉甄就沒再去關注傅華的事了，因此對他的近況並不瞭解。

金達回說：「就這幾天的事。」

喬玉甄嘆說：「你動了他最珍惜的東西，難怪他會報復你。」

金達聽了，說：「他報復我就報復我吧，不該也牽涉上你啊？你沒得罪他吧？」

金達這麼說是想挑唆喬玉甄去報復傅華，他對傅華又恨又怕，又拿傅華沒什麼辦法，就希望能有人出面懲治傅華。喬玉甄在北京人面那麼廣，這次受了這麼大的損失，也許會出手教訓傅華也不一定。

金達哪知道喬玉甄與傅華之間的關係很複雜，喬玉甄對傅華還是有幾分情愫在，雖然她對傅華害她損失這麼大也有些氣憤，但還不至於想去報復傅華的程度。更何況她出售修山置業的事也跟對方達成交易了，她的損失可以從交易中獲得彌補，就更沒有必要去跟傅華過不去了。

喬玉甄就淡淡地說：「看來我是遭池魚之殃了。誒，金書記，你找我什麼事啊？」

金達看喬玉甄沒上當，心中未免有點怏怏，只好轉回他的主題說：「是這樣，現在修山置業沒交足土地出讓金的事被揭露出來，你是不是讓修山置業儘快把沒交足的金額交上來啊，不然我這邊可不好交代啊。」

「這個啊，」喬玉甄笑了一下，說：「金書記，我才損失了一大筆錢，這時候你又來逼我繳土地出讓金。你這個要求是不是太不近人情了？」

金達有些不滿地說：「喬董，你這話說得可不對啊，這筆錢你早就該繳的啊，我是為了關照你，才讓你延後繳納，現在我這邊有了問題，你是不是也應該為我考慮考慮，儘快把錢給交清了啊？」

喬玉甄耍賴地說：「金書記，我也想交啊，但我現在手中確實沒錢，你讓我拿什麼交啊？你就讓我再緩緩吧，緩過這段時間，等我有錢了，馬上就交，行嗎？」

金達也不敢逼喬玉甄太緊，他還期待喬玉甄幫他完成常務副市長的美夢呢，只好無奈地說：「那你可要儘快啊，我這邊可不能等太長時間啊。」

喬玉甄示好地說：「行了，我知道了，我一定會儘快籌錢交清的。還有，謝副部長那裏我會幫你盯著，一定會讓你稱心如意的。」

金達滿意的笑了，說：「那就讓你費心了。」

北京。

傅華起床時已經是上午快十點了，鄭莉早就不見了蹤影。

傅華簡單的洗漱一番，自己一個人無聊的吃著早餐。他感覺自己幾乎被鄭莉給遺忘了，除了那次他告訴鄭莉他被免職了之外，鄭莉再也沒跟他談過工作的事，似乎他的被免職根本就無足輕重。

這種被漠視的感覺令傅華很受傷，作為男人，他希望自己是這個家庭的核心支柱，希望妻子孩子都圍著他轉，但現在他彷彿是個透明人，沒有人關心他在想什麼，也沒有人撫慰他寂寥的心情。

吃完早餐，傅華實在在家待不住了，就開車離開家，去了馮葵那裏。

馮葵穿著睡衣給他開了門，仍睡眼惺忪的馮葵白了他一眼，說：「你現在膽子越來越大啦，居然大白天就敢來找我。」

傅華笑說：「有人可是告訴我她什麼都沒穿躺在床上等我呢，我就想來看看是不是真是這樣子。」

「你個壞蛋，還沒進門就來調戲我，也不注意一下形象。」說著，馮葵就一把把傅華拉進臥房，關上了門，隨即把睡衣敞開，笑說：「看吧，我裏面真的什麼都沒穿。」

敞開的睡衣裏顯露出馮葵白玉般的身體，曲線一覽無餘，傅華立時情欲大動，就去抱住馮葵，膩聲說：「你這個小騷貨。」然後吻住馮葵的雙唇。

馮葵的睡衣被拋在地上，傅華的衣衫也被剝了去，馮葵一把將傅華推倒在床上，然後曖昧的說：「今天我可沒忘，我要在上面。」接著俯下身，親吻起傅華的身體來，傅華感覺渾身如同觸電般的酥麻。

馮葵的手同時在傅華身上游走著，從胸膛到腹部，隨即兩人就緊密的結合在一起，顫慄喘息著衝上了快樂的巔峰。

一陣劇烈的運動後，馮葵身子癱軟在傅華的身上，牙齒輕輕地咬了咬傅華的耳垂，嬌笑說：「在上面的感覺真好。」

傅華笑說：「你也是大家閨秀，怎麼我的感覺你卻像個女流氓啊？」

馮葵呵呵笑了起來，說：「不知道為什麼，我看到你想要我又要裝正經的樣子，就特別想要流氓一下，好逗逗你這個偽君子。」

馮葵的眼光很銳利，對他的看法也很準確，他渴望馮葵的身體，控制不住的想要她，但是心中卻總有一種對鄭莉的負疚感，讓他多少有點放不開自己。

休息了一會兒，兩人躁動的身體平靜下來，馮葵用手指在傅華的胸膛上輕輕的滑動著，一邊問道：「老大知道你被免職後，是什麼態度啊？」

傅華說：「沒什麼，她早就不希望我做這個駐京辦主任了，說她能養得起我，就沒再理我了。誒，小葵，你們女人是不是有了事業，就不再去在乎男人了？」

馮葵看了看著傅華說：「你看上去很失落啊。女人倒也不是有了事業就不在乎男人了，不過要讓女人在乎，男人也需要有讓她在乎的地方啊。你跟老大早過了蜜月期，所以她就沒那麼在乎你了。很多夫妻都是這樣的。你別失落了，趕緊想辦法把你的位子奪回來才對，一個男人沒點事業在後面撐著，腰板也是硬不起來的。」

傅華說：「這麼說，如果我一直這樣子，你也會嫌棄我了？」

馮葵笑笑說：「我不會，我倒是很想把你當寵物養起來，只要你肯聽我的，你要什麼東西，我都可以滿足你，不過你肯嗎？」

傅華相信馮葵有這個滿足他的能力，不過他不是一個愛依附女人的男人，就像馮葵說的，他是不肯的。

傅華回說：「我可不想成為你的寵物，那樣還能算是個男人嗎。」

馮葵笑笑說：「我就知道你這個大男人一定會這麼說。」

傅華說：「不說這個了，誒，你跟我說呂紀對鄧子峰和孟副省長發起了攻擊，你對此有什麼想法啊？」

「想法當然有啦，不過有想法的可不止我一個人。」馮葵狡黠的說：「現在東海省可是很熱門的地方，一個省委書記的位子即將騰出來，不知道有多少人眼巴巴的想要奪下這個位置啊。」

傅華看了馮葵一眼，笑說：「你可別告訴我，你也想打這個位置的主意啊！」

馮葵反駁說：「為什麼我就不能打這個位子的主意啊？難道就因為我是個女人嗎？」

傅華驚訝的看著馮葵說：「不會吧？你一向經商，與官場扯不上關係，我看不出你有什麼方式能夠成為東海省省委書記。」

馮葵笑說：「我也看不出啊，誰告訴你我想的是自己成為東海省的省委書記的？」

傅華明白馮葵的意思了，馮葵是想讓馮家的人能夠拿到這個位子。傅華猜想馮葵這麼做一定是為了他，馮家的人如果出任東海省省委書記，那這個省委書記一定會出面幫他拿回駐京辦主任的職位。

傅華感激的看著馮葵，說：「小葵……」

馮葵卻用手指堵上了傅華的嘴唇，說：「你千萬別自作多情的認為我這麼做是為了你。東海省是財賦重地，很多勢力都想染指，馮家也不例外。但是東海省的本土勢力一直很頑強，雖然很多勢力覬覦這塊肥肉，卻一直沒機會真正的掌握這裏。這次呂紀這麼一搞，打亂了很多勢力原來的部署，孟副省長作為本土勢力的領軍人物，也被呂紀搞得自顧不暇，這對想染指東海省的勢力來說，可是一個大好的機會啊。」

傅華狐疑地說：「你就這麼肯定呂紀不會留在東海，或者鄧子峰肯定不會上位？」

馮葵笑了起來，說：「你想考我啊？這很簡單，呂紀這次打著反貪腐之名，做的卻是攻擊政敵的把戲，公器私用，高層不會看不出來的。再加上他這麼做完全打亂了高層原有的部署，高層當然不會再用這個不聽安排的下屬，所以呂紀一番折騰完後，高層即使不馬上讓他離開東海，秋後算賬的時候也會讓他走的。」

傅華聽了說：「你這個觀點我認同。那鄧子峰呢，高層那麼欣賞他，很可能會忽略鄧子峰這次的失誤的。」

「誰會忽略啊？」馮葵說：「大把的人都盯著這個省委書記的位置，有一點點小錯失都會被人抓住不放的。鄧子峰這次的事情雖然並不嚴重，但是他清廉的形象完全破功了，高層現在明白他的清廉很大一部分是裝出來的。現在高層對幹部說一套做一套的做法很厭惡，鄧子峰等於踩到了這個地雷，他再想上位成為省委書記是不太可能的了。」

傅華不禁問：「那你看這次東海省政壇會有怎樣一個變化呢？」

馮葵分析說：「據我看，呂紀必將離開東海省，這是高層早已決定的事，呂紀無法改變的。不過高層也不會做什麼別的行動來懲罰呂紀，畢竟呂紀做的是反腐倡廉，懲罰他，會讓外界以為高層在包庇貪腐行為，也不得不有所顧忌。因此呂紀這次應該可以順利地逃過一劫。」

傅華追問：「那其他人呢？」

馮葵想了想說：「鄧子峰會留任省長，這個人是有能力的，他到東海省之後，跟本土勢力相處的還不錯，高層也希望借他穩定東海省的局面。由他留任省長，高層就可以騰出手來收拾孟副省長了。一直以來，高層都認為孟副省長是東海省水潑不進的真正原因，這次呂紀搞掉東桓市市長盧丁山，給了高層收拾孟副省長的機會。因而孟副省長就算能全身而退，恐怕也真正的退出東海省政壇了。」

傅華覺得馮葵的分析很有道理，大致上跟傅華自己的判斷差不多，便說：「小葵，你的分析很到位，不走仕途真是可惜了。」

馮葵笑說：「你錯了，我這個人不適合做官。我個性散漫，不喜歡被拘束，根本就不是做官的材料。其實真正能夠做大官的是你這種人，自我約束力強，有能力又假正經，這是做一個成功官員的必備素質。」

傅華抱怨說：「你能不能別說我假正經啊？我覺得我跟你在一起已經是

夠瘋的了，假正經的人可做不出這種事來。」

馮葵笑說：「夠瘋不代表你不假正經，這是私底下，你再瘋也沒人知道，在公開場合你會這樣？或者你帶我在老大面前瘋一下試試？做不到吧？」

傅華看了看馮葵，說：「你真的想我這麼做嗎？如果你想的話，我可以豁出去的。」

馮葵搖搖頭，說：「我不想，老公，我認識你的時候你就是這個樣子，假假的，卻又讓我感到那麼的被吸引。我不想讓你改變什麼，那樣的話你就不是我想要的那個人了。而且你如果為了我強行改變自己的話，你也會無所適從，失去了原來的風格。誒，不說這個了，還是說你的仕途吧，你的實力很強，現在只要上面有人拉你一把，你就能上去了，別說市長，就是省部級也沒太大的問題。怎麼樣，要不要我這個軍師在背後幫你謀劃一下？」

傅華感嘆說：「就是上去了又如何呢？主政一方當然是很威風的事，不過也需要為此付出很大的代價。不說別人，就說鄧子峰吧，雖然他是有點做一套說一套的，但是我知道他為了這個省長位置能夠坐穩，費了多少心思！本來他很有機會成為省委書記的，但是一著不慎，就失去了這個機會。再說金達吧，我認識的金達曾是一個有理想，熱血的人，但他現在為了爭取上位，處處跟人妥協，甚至不惜違規來換取上位的機會。小葵，如果你希望我變成一個只會對權力營營苟苟的人，那你就幫我謀劃吧。」

馮葵立即擺手說：「當然不要了，我身邊這樣的傢伙已經很多了，不需要再多你一個啦。你是我的好老公，雖然有點假正經，不過跟我瘋起來還是挺讓我心動的。」

傅華笑著捏了一下馮葵的鼻子，說：「你又說我假正經了，看我不懲罰你?!」說著就要翻身壓住馮葵，想跟馮葵再顛鸞倒鳳一次。

恰在此時，他的手機響了起來，不禁埋怨說：「誰這麼不知趣，還在這時候打電話來啊？」拿過手機一看是胡東強打來的，便趕緊對馮葵說：「是東強的電話，你別說話，別讓他聽到什麼。」

馮葵點點頭，傅華接通了電話，說：「胡少，什麼事啊？」

胡東強說：「傅哥，你在哪裡啊？」

傅華回說：「我在外面瞎逛呢。」

胡東強笑笑說：「你倒真清閒啊，中午一起吃飯吧，關偉傳要見你，他對你說的海川市違建高爾夫球場的事很感興趣，你準備一下，到時候跟他做一下彙報。」

傅華聽了說：「好，你說地方，我到時候會過去的。」

胡東強就說了地方，掛了電話。

傅華對馮葵說：「我要走了，東強幫我約了關偉傳，我要回去拿點資料。」

馮葵撒嬌說：「親我一下再走。」

傅華就去吻了馮葵的嘴，忍不住又要動情，但是時間上卻不允許，只好強壓住心中燃燒起來的欲望，放開馮葵說：「好了，我要走了，我可不想讓部長等我。」

馮葵說：「行，你走吧，電話聯繫啊。」

傅華匆忙趕回家去，保姆看到他回來，打招呼說：「傅先生，中午要在家吃飯嗎？」

傅華回說：「你不用管我，我拿份資料就走。」

保姆寒暄道：「傅先生，您真是夠忙的，不去工作了還有這麼多事要做啊。」

傅華笑笑說：「瞎忙罷了。」

最近保姆似乎很愛找機會跟他攀談，傅華沒有多想，去書房找到資料和照片，就趕去胡東強跟他約好的飯店。

到了飯店，胡東強已經到了，關偉傳則還沒有到。

胡東強說：「等一下吧，關偉傳有事被絆住了，要半個小時才會到。傅哥這幾天在忙什麼啊？」

傅華攤了攤手說：「也沒什麼，瞎晃吧。誒，你們華東區域灌裝廠搞得怎麼樣了？」

胡東強回說：「在籌備當中，最近我跑前跑後的就是在忙這個。忙起來我才發現，有事做會讓人活得很充實，傅哥你也別在家裏悶著了，出來跟我一起跑這件事吧。」

傅華笑笑說：「你們天策的事我插不進手的，去了也沒什麼用，不過你如果遇到了什麼難題，我倒是可以幫你出出主意……」

兩人就這樣有一搭沒一搭的閒聊著，半個小時過去，一個五十多歲的男人走進包廂，抱歉地說：「東強，等急了吧？」

胡東強笑說：「沒有，知道關叔您忙，等等也是應該的。」

傅華知道來人就是國土部的部長關偉傳了，不由得仔細打量了他一下。

傅華在新聞中看到過關偉傳，新聞中的關偉傳，器宇軒昂，頗有領導的架勢，但今天看到本尊，傅華卻感覺他跟媒體中出現的形象差別很大。雖然還是那個模樣，不過氣質上卻有著天差地別。媒體中的關偉傳更強勢一些，眼前這個卻顯得十分樸實，甚至讓傅華覺得他不像個部長，更像一個鄰家慈祥的老伯伯。

會出現這種差異的原因，是因為報章媒體上的關偉傳經過了化妝師和造型師的精心裝扮，呈現的是最好的一面，而今天關偉傳是私人的會面，展現的則是他真實的一面。

這時，關偉傳注意到傅華，問道：「東強，這就是你說的那位朋友？」

傅華趕忙自報家門：「傅華，曾經是海川市的駐京辦主任，不過現在已經被免職了。」

關偉傳友善的伸出手來，說：「很高興認識你。」

傅華跟關偉傳握了手，禮貌地回說：「我也很高興認識您，關部長。」

關偉傳說：「你的事我都聽東強說了，你跟東強是好朋友，就不用這麼生分的叫我關部長了，也跟著叫我一聲關叔吧。」

傅華忍不住說：「關叔，我真沒想到您會這麼平易近人。」

關偉傳笑笑說：「一個人的威信不在於你端不端架子，小傅，你可能不知道，當年胡老下農村視察的時候，吃住都跟農民在一起，跟農民完全打成一片，根本就沒人覺得他是來自中央的大領導。」

胡東強補充說：「那時候關叔在我爺爺身邊工作。」

關偉傳回憶往事說：「我跟胡老學到了很多東西，可謂受益終生啊。」

接著，關偉傳的話題轉到了高爾夫球場上面：「小傅，你讓東強轉給我的資料我看了，我十分震驚，國家三令五申要禁止建高爾夫球場，地方上卻是大肆搞這些違建，簡直膽大妄為，這股歪風必須馬上扼止才行。你的資料送來的很及時，正好給了我處理這件事的契機。小傅，你這是做了一件利國利民的大好事。」

傅華聽了有些汗顏，心想我送這份資料是為了報復金達，目的並不高尚，叫你這麼一說，卻成了利國利民的事了。這個關偉傳看上去樸實，心思卻很靈敏，很懂得把尷尬的事情化解掉。

不過，關偉傳為什麼會對這件事這麼熱心呢？難道僅僅是因為關偉傳跟胡家的淵源嗎？應該不僅是如此吧？上到關偉傳這個層次，一舉一動應該都少不了政治方面的盤算，這裏面一定有關偉傳想要的東西，只是傅華現在還看不出關偉傳想要的究竟是什麼。

傅華笑笑說：「關叔，您把我說得太好了，我沒那麼偉大，我只是受這個球場所在地的農民委託，把這件事情反映出來罷了……」

傅華就向關偉傳彙報起這個高爾夫球場興建的始末，關偉傳聽得很認真，不時還提出問題，看得出關偉傳對這個案子很重視。

第七章

兩手準備

呂紀笑了一下，說：

「高層倒沒有明白顯露出這一點來，

但是高層的意思是很難揣測的，

這一刻他們還跟你說你要努力工作什麼的，

下一刻他們就可能會對你動手，

所以我要有兩手準備才行。」

在講述的過程中，傅華隱約的猜測到關偉傳想要的是什麼了。關偉傳剛到國土部履新不久，此刻可能迫切需要燒新上任的三把火，而高爾夫球場的興建積弊已久，關偉傳從這件事下手的話，很容易在國土部樹立起威信。

但這件事是一把雙刃劍，高爾夫球場投資巨大，能夠投資建高爾夫球場的人都非泛泛之輩，很多老闆身後都有雄厚的背景，甚至直達北京的高層。要是敢碰他們的利益，一定會遭到強烈的反彈。

傅華把資料交給關偉傳的目的，也只是針對金達。希望國土部能夠點名批評一下海川市的違規行為而已，影響一下組織部門對金達的考察。

傅華就想提醒關偉傳，讓他不要去碰高爾夫球場這個馬蜂窩，只要去針對違建的球場業主就行了。不過傅華覺得私下跟胡東強說，讓胡東強去提醒關偉傳比較合適。

傅華講完，關偉傳點了點頭，說：「這個情況我知道了，國土部會認真研究如何來處置這件事的。謝謝你了，小傅。」

問完這件事情，關偉傳就不再談論高爾夫球場的事了，而是跟胡東強東拉西扯談些過往在胡老身邊工作時的軼事，不覺這頓飯就吃完了。

吃完飯後，關偉傳要回部裏，先行離開。胡東強拖著傅華另找地方喝茶，正好傅華也想跟胡東強談關偉傳的事，兩人就近找了一家茶館坐了下來。

傅華說：「東強，我覺得這次的事似乎有點走偏了，你事先知道關叔要這麼鄭重其事的做這件事嗎？」

胡東強說：「我事先也不知道，怎麼了，你覺得關叔這麼做有問題嗎？」

傅華點點頭說：「我覺得有點問題，感覺上關叔有點好大喜功了。其實我只是想點名批評一下海川市，狙擊一下金達而已，可沒想要向整個高爾夫球場這個行業開戰的。能夠建高爾夫球場的那些人哪一個是吃素的啊？要向這個行業開戰，也需要有跟他們一戰的實力啊！」

胡東強認同說：「這倒是，關叔是沒這個實力的。不過你也不用太擔心啦，關叔沒有那麼大的魄力的，也許他會拿違規的高爾夫球場開刀，但我估計也就是雷聲大雨點小，不會有太猛烈的動作的。」

傅華狐疑地看了胡東強一眼，說：「你確定嗎？」

胡東強說：「當然啦。我比你更瞭解關叔這個人。他是一個謹慎的人，這樣的人你指望他拿出魄力來，不能說是癡心妄想，起碼是很難的。」

傅華聽了說：「希望是，我不想因為我的事害他難做，你還是適時的提醒他一下比較好。」

胡東強點頭說：「行，這事我會找時間跟他談一下的。」

傅華和胡東強聊了一會兒就分手了，傅華回家睡了一覺，看看快到吃晚飯的時間，就打電話給曲煒。曲煒到北京，他這個地主應該請他吃飯的。

曲煒接了電話：「傅華，什麼事啊？」

傅華說：「您好不容易來一趟北京，我想請您吃頓飯，不知道您是否賞光？」

曲煒笑笑說：「跟我就不用這麼客氣了吧，要吃飯也行啊，叫上鄭莉一起吧。」

傅華苦笑說：「市長，鄭莉在外面忙，這時候還沒回來呢。」

曲煒愣了一下，說：「鄭莉是在忙什麼啊？這個時間還在外面不回來，她這個妻子可有些不稱職啊。」

傅華無奈地說：「她要衝刺事業呢。不用管她了，就我們自己吃吧。」

曲煒就說：「行，你來安排吧。」

傅華去省駐京辦接了曲煒，兩人就近找了家乾淨的餐館，在雅間坐下來，點了幾樣小菜，又開了瓶二鍋頭。

喝了一杯之後，曲煒不禁問傅華：「傅華，你跟鄭莉是不是有矛盾了啊？」

傅華愣了一下，掩飾說：「沒有啊，怎麼了市長？」

曲煒搖搖頭，說：「你別騙我了，你們夫妻一定有什麼問題，不然我說讓鄭莉一起來吃飯，你不會連問都不問就一口回絕了。」

傅華解釋說：「您是說這個啊，這您可就錯怪我了，我不叫她，是因為她的業務實在太忙了，根本就走不開。您不知道她現在忙到什麼程度，晚上很晚回來，早上很早就走了，一天我基本上都看不到她的人影。」

曲煒詫異地說：「忙成這個樣子？」

傅華回說：「是啊，她現在正是衝刺事業的關鍵時期。」

曲煒聽了說：「女人一生最大的事業就是丈夫和孩子，她再忙也不該忽視這一點的。」

傅華開玩笑說：「市長，您這話可有點大男人主義啊。」

曲煒不禁責備說：「你別嘻嘻哈哈的，人和人要經常相處才會有感情，夫妻也不例外，夫妻間如果老是這樣連面都照不上，久而久之關係就會變淡的。」

傅華嘆說：「我也不想這個樣子，不過鄭莉似乎對此習以為常。」

曲煒教訓說：「什麼叫做鄭莉習以為常，你這個大男人是幹什麼吃的，為什麼不找個機會跟她好好談一下啊？還是你有了另外的女人，所以故意放任你們的關係變淡？傅華，我可警告你，鄭莉是個好女孩，不許你對不起她。」

傅華心虛起來，嘴上卻不肯承認：「市長，您這說的什麼話，我可從來都沒想過要對不起鄭莉的。」

曲煒說：「你沒想最好，聽我的，回頭找個時間跟鄭莉溝通一下，把話說開了，我想就會沒事了。」

傅華點點頭，說：「好的市長，我會跟她溝通的。」

曲煒又提醒說：「你可別不當回事啊，我是在這方面栽過跟頭的，深深知道家和萬事興的道理，家庭不和睦，很多事都不會順利的。」

曲煒正說得頭頭是道時，手機突然響了起來，是徐棟梁打來的。

徐棟梁電話中急急地說：「曲秘書長，您趕緊回來吧，省委辦公廳突然通知說呂書記晚班的飛機來北京，要你在駐京辦等他。」

曲煒乍聽不禁一愣，呂紀怎麼會突然來北京呢？他現在應該跟鄧子峰和孟副省長他們鬥得不亦樂乎，怎麼會有空來北京呢，這不在他的預期之內，難道發生了什麼重大的事了？還是高層想干預呂紀和鄧子峰、孟副省長之間的博奕，所以才急召呂紀進京？

曲煒心中充滿了疑問，就不敢耽擱，對傅華說：「我沒時間跟你聊了，呂書記要來北京，我得回省駐京辦等他。」

傅華聽了也覺得很意外，呂紀深夜來北京一定是有什麼重要的事，就說：「行，您趕緊回省駐京辦吧。」

曲煒就匆忙回到省駐京辦等待呂紀的到來。

因為飛機晚點，直到十二點鐘，呂紀才一臉疲憊的出現在省駐京辦。

看到迎來的曲煒，呂紀說：「老曲，等急了吧？」

曲煒確實是心中很急，卻一臉淡定地說：「也沒有，反正我也沒什麼事。」

徐棟梁幫呂紀安排好住房後，呂紀便將閒雜人等都打發了出去，只留下曲煒一個人。曲煒看呂紀這麼慎重，越發覺得事態嚴重，小心地問道：「您突然來，是不是發生什麼重要的事啊？」

呂紀面色沉重地說：「還能是什麼事啊，高層急召我進京，說是要聽盧丁山和王雙河兩個案子的彙報。老曲啊，風向有點不對了。」

曲煒敏感的意識到高層突然急召呂紀進京，可能是要對呂紀進行調整的前奏，便猜測說：「您是說高層對您在東海的做法有看法？」

呂紀點點頭說：「應該是吧，不然他們聽什麼彙報啊，王雙河和盧丁山的層級還不到需要高層關注的程度，一定是鄧子峰和孟副省長這兩個傢伙透過關係在高層做了工作，有人想要保住他們，所以才會把我叫來的。唉，恐怕我這一番的努力要全部白費了。還有，你說這次高層會不會加快把我調走的步伐啊？」

曲煒心知這種可能性很大，但是他如果跟呂紀這麼說，會讓呂紀更加煩躁，就說：「這很難說，您先不要急，先準備好明天的彙報再說。我想高層既然讓您來北京做彙報，肯定是還沒做最後的決定，需要根據你的彙報才能做出裁決。」

呂紀眼中閃出一絲光亮，說：「老曲，你是說高層現在還沒有做出最後的定奪？」

曲煒點點頭說：「我想應該是的，不然他們肯定直接就作出處分了，也無需召您進京的。」

呂紀想了想說：「有道理。那你說我現在應該怎麼辦呢？」

曲煒安撫呂紀說：「您先別急。您現在這個情況，可以用一句話來形容：伸頭是一刀，縮頭也是一刀，既然這樣，何不豁出去算了呢。」

呂紀聽了曲煒的話，心情平靜了些，頭腦也開始冷靜下來，看了看曲煒，問道：「你說我要怎麼豁出去啊？」

曲煒分析說：「我想，您就把從盧丁山和王雙河那裏得到的資料直接彙報給高層好了，我想高層不會一點都不受影響的，畢竟孟副省長和鄧子峰都不乾淨。」

曲煒的意思是：高層不是想要袒護鄧子峰和孟副省長嗎，那索性把他們的事都擺在臺面上，倒要看看上面如何處置。

呂紀明白此刻他和鄧子峰、孟副省長的博奕已經進入到最關鍵的時刻，曲煒所說的豁出去的意思，就是要他硬撐下去的意思。呂紀心裏暗道：老子就算是被拿掉省委書記職務，也要把鄧子峰和孟副省長一起拉下水才行。

呂紀就說：「我這次帶了好些資料過來，老曲，咱倆就加個夜班，把這些資料整理一下，看看要如何向高層做彙報好。」

曲煒看呂紀又恢復了鬥志，笑說：「行啊，我們倆可是很久沒有一起加班了。」

兩人就把呂紀帶來的關於盧丁山和王雙河的資料做了整理和推敲，忙到早上天色有些亮了才算忙完。

呂紀小睡了一下，然後去跟高層彙報去了。曲煒送走呂紀後，想回房間小瞇一會兒，卻怎麼也睡不著，一直在想著呂紀去跟高層彙報的事。

呂紀的這次彙報十分重要，他跟鄧子峰、孟副省長間的博奕很可能在這次彙報後就會分出勝負來。這關係到東海省的政局，也關係到呂紀和曲煒的未來走向，因此曲煒不得不對這件事情的結果有所牽掛。

呂紀這次去了很久，直到下午三點才回來，曲煒很想知道呂紀彙報的情形如何，呂紀卻疲憊地說：「老曲，什麼都別問我，我現在累透了，眼皮直打架，我要回房休息一下，等我休息過了，我們再聊。」

曲煒看呂紀確實是一臉疲憊，知道這場會面耗盡了呂紀的心力，加上昨晚呂紀幾乎沒睡什麼覺，就沒再說什麼，趕緊讓呂紀回房休息去了。

到了晚上七點鐘，曲煒才接到呂紀的電話，讓他過去他的房間一起吃晚餐。

曲煒去了呂紀的房間，休息過後，呂紀的精神明顯好了很多，看他這個樣子，曲煒的心情也放鬆了不少，起碼目前看來呂紀的心情還不錯，說明這次談話，呂紀並沒有遭到嚴厲的批評。

曲煒便笑說：「看您這樣，談話的效果應該不錯了？」

呂紀不置可否地說：「不能說不錯，不過看得出來，鄧子峰和孟副省長的一些違法行為已經引起了高層的注意，後續如何處置，就看高層的意思了。事情到了這一步，我也沒什麼招數了，只能聽天由命啦。」

曲煒聽了說：「這個樣子啊，那高層沒做什麼表示嗎？」

呂紀說：「只跟我強調了一點，叫我要有大局觀，說東海省這樣下去不行，說我和鄧子峰、孟副省長這樣內鬥不止，會讓東海省的工作很難好好開展的。」

「高層這麼說，似乎是有把東海省的工作放在您身上的意思啊，看來這次召您進京是好事啊。」曲煒不禁說道。

呂紀笑了一下，搖搖頭說：「好不好現在不好說，我們先吃飯吧，我真是有點餓了。」

兩人吃了一會兒，呂紀這才放下筷子，說：「跟這些高層領導說話真是費腦筋啊，他們的眼神好像能看透你的五臟六腑似的，讓人十分緊張，生怕哪句話說得不得體了，惹得他們震怒。」

呂紀像是想起什麼，突然問道：「老曲，我還沒問你，你跟田副部長見面談得怎麼樣了？」

曲煒回說：「挺好的，該說的都說了。」

呂紀聽了說：「這話太空泛了吧，什麼叫做該說的都說了啊。你覺得有幾分把握爭取到常務副省長的位置啊？」

曲煒笑笑說：「這個還真不好說，不過我跟田副部長談得還不錯。只是田副部長只能幫我推薦，並不擁有一錘定音的決定權。」

呂紀語重心長地說：「老曲，你盡力去爭取吧，以後東海省的事恐怕要靠你了。」

「呂書記，您這是感覺高層有要馬上動您的意思了嗎？」曲煒不禁問道。

呂紀笑了一下，說：「高層倒沒有明白顯露出這一點來，但是高層的意思是很難揣測的，這一刻他們還跟你說你要努力工作什麼的，下一刻他們就可能會對你動手，所以我要有兩手準備才行。」

曲煒說：「我感覺應該不會對您太快動手的，眼下鄧子峰應該不會有機會上位，高層要再找一個能夠取代您的人出來才能將您替換掉，估計需要一些時間的。」

呂紀持保留態度說：「說快也會很快的，人選並不難找，有大批的人馬等著要拿下我的位置呢。所以轉變可能是瞬間的事。對了，你在北京的事情辦完沒？」

曲煒回說：「辦完了，老領導們我都拜訪了，是您要我在北京多待些時日，所以我才沒急著回東海的。」

呂紀聽了說：「既然這樣，明天你跟我一起回東海省吧。高層讓我控制盧丁山和王雙河案的查辦範圍，顯然是不想讓我再繼續針對鄧子峰和孟副省長，所以我們之間的博奕算是告一段落。你跟我一起回去，我們也好研究一下東海省的人事安排。趁我還是省委書記時，趕緊把這件事辦好，幾個位子的安排很重要，我們必須要抓在手裏。」

呂紀明顯有一種在安排身後事的感覺，讓曲煒有些不勝唏嘘之感。

正當呂紀和曲煒吃飯的時候，鄧子峰和孟副省長也在一起吃飯，只是他們是在齊州的東海大酒店。

相對於呂紀和曲煒來說，鄧子峰和孟副省長兩人的臉色顯得很嚴肅。主因是鄧子峰和孟副省長還不知道高層找呂紀談話的結果，所以處在一種忐忑不安的狀態中。

孟副省長打過幾次電話給他的朋友，想從朋友那裏獲取呂紀進京後的情況。但是他的朋友並沒有打聽到具體的談話內容，只知道呂紀彙報的時間很長。

孟副省長心裏很不踏實，他做過許多違法的事，真要追究下來，恐怕被判死刑的可能都有。他不知道高層是要保他還是要抓他，因此坐立不安。於是就約了鄧子峰出來吃飯，有一點抱團取暖的意味。

鄧子峰現在同樣心情很不好，不過他擔心的跟孟副省長並不相同。他自問沒做什麼違法的事，所以不擔心被處分；他擔心的是高層會因為這件事認為他不適合接任省委書記的職務。

能成為東海省的老大，這是鄧子峰渴望已久的事，現在只有一步之遙就可以登頂了，卻很可能失之交臂，鄧子峰心中當然很不是滋味。

鄧子峰也找了他在北京的管道，但是沒有人確切的知道為什麼高層會突然急召呂紀，在這個混沌不明的狀況下，鄧子峰的心情自然也不會好。因此孟副省長一找他吃飯，他就答應了下來，因為他也想從孟副省長那裏瞭解一下呂紀在北京的情況。

孟副省長發著牢騷說：「這個呂書記啊，都要離開東海省了，還這麼窮折騰幹嘛啊，好像他這麼使勁的折騰，高層就會讓他留在海川一樣。」

鄧子峰冷笑一聲說：「人家是不甘心啊。」

孟副省長恨恨地說：「這傢伙真是混蛋，不甘心也不要拉上我們墊背啊，好像把我們拉下馬他就能得到什麼好處似的。誒，省長，我手裏有點東西，是與東海省化纖集團有關的，要不要給呂紀捅出去算了？」

鄧子峰詫異地說：「東海省化纖集團？這個是什麼意思啊？」

孟副省長笑說：「我忘了化纖集團改制的時候，您還沒來東海呢，是這樣……」

孟副省長就講了呂紀主持東海省化纖集團改制出問題的事，然後說：「這件事我一直幫呂紀壓著呢，惹火了我，我把這件事也捅出去，要死大家一起死好了。」

鄧子峰卻說：「老孟，我怎麼覺得這件事並不像你說的那麼嚴重啊。改制這種事沒有一定的規則，只要個人沒有從中圖利，就算是改錯了，也無需承擔什麼責任的。所以你想用這件事拿捏呂紀，恐怕是不可能的。」

「不會吧，我跟呂紀說這件事的時候，看他好像很在乎的樣子啊。」孟副省長有點不太相信的說。隨即一拍腦門說：「我知道了，這傢伙是來跟我玩虛的啊，媽的，有夠狡猾。」孟副省長不禁大罵道。

鄧子峰說：「不管他狡不狡猾，我們都不適宜拿這種事去攻擊呂紀的。我們跟呂紀不同，呂紀手中掌控著紀委，他抓盧丁山和王雙河合規合法，我們卻沒有正當的管道去對付呂紀。如果繞過正常管道往高層遞資料，會被認為不守官場規矩，也有打爛仗的意味，只會讓高層認為東海政壇整個都爛掉了，對你我來說並無什麼幫助。」

孟副省長看了看鄧子峰，焦急地說：「那怎麼辦，就這麼任由呂紀繼續折騰我們兩個？」

鄧子峰搖搖頭說：「雖然高層插手，呂紀卻沒有取得大的突破，我想他應該很難繼續下去了。」

孟副省長質疑說：「你是說他會收手？不太可能吧？」

鄧子峰笑笑說：「他自己當然不會收手，不過如果高層讓他收手，他就不得不收手了。」

孟副省長不敢置信地說：「省長，你肯定這次高層急召呂紀進京是為了讓他收手的？」

鄧子峰說：「我無法確定，這是我剛才想到的。理由很簡單，東海省是財賦重地，高層一定不會眼看著東海省政局混亂不加干涉的。」

孟副省長聽了，笑說：「如果是這樣，那呂紀這次一定會被高層批評的。」

鄧子峰卻說：「那又怎麼樣呢？老孟，你先別急著高興，就算是高層這次批評了呂紀，也不會改變你和我目前的困局的。」

鄧子峰悲哀的想道：現在事情越鬧越大，恐怕他的省委書記之夢是沒有實現的可能了。這個大好的機會錯過，下次何時再有這樣的機會就很難說了。他心中暗自後悔，早知道會激怒呂紀採取這些過激的行為，他應該收斂一下自己的行為的，結果鬧到現在無法收場的地步，真是悔之晚矣。

第九章

急流勇退

孟副省長說：「我沒騙你，我真的是摔倒的。」
朋友不耐地說：「不管你是不是裝的，
反正這是給你一個退下去的理由，
你就順勢而為，急流勇退吧。」
孟副省長急說：「我身體還很好，能再工作幾年的。」

這頓飯孟副省長吃得也很沒滋味，他沒有從鄧子峰那裏得到什麼讓他寬心的消息，加上他的事比鄧子峰嚴重很多，因此從酒店出來的時候，他看上去一副憂心忡忡的樣子。

鄧子峰跟孟副省長道別，上車離開了。

孟副省長也坐上車回家。車子在燈火通明的馬路上奔馳，孟副省長望向窗外，腦海裏還在想著要如何脫困的事。

車子很快到了孟副省長的家，司機停好車，給孟副省長開了車門，接過孟副省長的手包，就要送孟副省長回家。

孟副省長住的地方，門前有三層不高的臺階，孟副省長早就走慣了這個臺階，信步邁上臺階，三兩下上到了臺階的最上層。

此時，異常的事出現了，孟副省長感覺門前的燈光突然一暗，就看到一個披頭散髮的黑影直撲他的面門而來，同時有一個女聲在喊著：還我命來。

孟副省長渾身寒毛直豎，這一小段回家的距離變得猶如萬里長征一樣遙遠，突然一陣陰風吹過，吹開了黑影的頭髮，恍惚中，孟副省長看到了黑影的臉。

孟副省長對這張臉再熟悉不過，正是那個曾經出現在他噩夢中的女人的臉。

對，那個女人叫做褚音！因為時間過去很久，孟副省長一度已經淡忘掉她，沒想到在這個心事重重的夜晚，這個女人又出現了。

老人常說鬼會在人最倒楣最虛弱的時候出現，現在正是孟副省長士氣最差的時刻，這個鬼就出現了。

此刻孟副省長沉睡的記憶又被喚醒，心頭大駭，啊的大叫了一聲，身子就像被人推動一樣往後仰倒，後腦勺重重地摔在水泥地上，只聽砰一聲響，孟副省長眼前一黑，隨即就失去了知覺。

再醒過來的時候，孟副省長頭疼欲裂，周圍一片雪白，鼻子裏聞到濃濃的消毒水味，身上插著針頭正在吊點滴呢，孟副省長知道自己在醫院裏，家屬和司機都圍在病床前，用關切的眼神看著他。

孟副省長看到司機，立即伸手去抓住他，激動地說：「你看到那女人沒有？」

「什麼女人啊？」司機驚詫地說：「孟副省長，我沒看到什麼女人啊，我只是陪你走到門前，也沒看到有什麼，您就啊的一聲大叫，人就往後倒了。」

「不對，是有個女人撲向我，我才摔倒的，就是那個，那個……」

說到這裏，孟副省長忽然想到他跟褚音的事是不能說的，於是那個了半天，只好說了句：「我怎麼想不起來是誰了呢？」

孟副省長的妻子緊張地問道：「老孟啊，你是不是想不起來了？醫生說你有嚴重的腦震盪，腦子裏有淤血，可能會導致失憶。」

孟副省長叫說：「我不知道，我記不起來那女人的名字了，我只知道我現在腦門疼得要死。」

孟副省長的妻子說：「你說的女人是怎麼一回事啊？」

孟副省長說：「我在家門口的時候，彷彿看到一個女人撲向我，我這才往後仰倒的。」

「你是不是中邪啦？」孟副省長的妻子擔心地說。

雖然孟副省長也認為自己是中邪了，但是對著這麼多人，他不想承認這一點，就瞪了妻子一眼，說：「你瞎嚷什麼啊，什麼中邪了，我就是一時眼花而已。」

孟副省長說著頭又開始疼了起來，就不耐煩的說：「好了好了，我頭疼得要死，我想睡一會兒，你們都出去吧。」

一干人就要離開病房，孟副省長叫住了妻子，說：「你別出去，留下來陪我。」

孟副省長之所以叫妻子留下來，是擔心褚音的鬼魂會再度現身，他一個人留在病房裏面害怕。還好這一夜倒是相安無事，褚音的鬼魂也沒再出現。

北京，東海省駐京辦。

第二天一早，曲煒和呂紀趕往首都機場，準備回東海省。

在車上，曲煒對呂紀說：「呂書記，我昨晚收到消息，孟副省長住院了。」

呂紀詫異地說：「怎麼回事啊？」

曲煒說：「具體原因不是很清楚，據說是在家門口上臺階的時候突然往後仰倒，摔到了後腦勺，當場昏迷。」

「真是邪門，」呂紀納悶地說：「老孟家門口就三層小臺階，這也能摔倒？」

曲煒說：「奇怪的是他在醫院醒來的第一句話，是問司機有沒有看到一個女人，說是這女人撲向他，他才摔倒的。」

呂紀眉頭皺了起來，他絕不相信孟副省長說的被女人撲倒的說法，反而覺得孟副省長是在演戲給別人看。問題是孟副省長演這場戲的目的是什麼？

呂紀看向曲煒，發現曲煒眼中也帶著跟他一樣的疑惑，就說：「你是不是也在疑惑這傢伙這麼做的目的是什麼？」

曲煒點點頭說：「我想不出他這麼做有什麼理由，難道說他想裝病？」

呂紀反問說：「他裝病幹什麼？」

曲煒猜測說：「如果是裝病的話，可能是為了躲避您對他的追查。他現在還不知道高層對他的態度，所以乾脆來個裝病避其鋒芒。」

呂紀說：「他要是真的因為這個裝病，那可就弄巧成拙了。高層已經不讓我繼續針對他和鄧子峰了，他不裝病，我也會停止攻擊的。另一方面，傳到高層耳裏，一定會認為他是因為心中有鬼才故意裝病的，高層會因此對他更有看法的。」

曲煒笑說：「那他一定很後悔演這場戲了。」

呂紀也笑說：「那我們回去要趕緊去看看老孟了，看看這傢伙裝病是什麼樣子。」

就在曲煒和呂紀飛往齊州的時候，病房的孟副省長接到了他在北京朋友的電話。

他等這個電話很久了，一看到這個朋友的號碼，趕忙把電話接通了。

朋友說：「老孟，我怎麼聽說你摔傷了？」

睡了一夜的孟副省長精神好了很多，笑笑說：「是摔了一跤，不過並不嚴重。」

朋友反駁說：「不嚴重會住院治療啊？怎麼這麼不小心啊！」

孟副省長不好意思地說：「是我有一點恍神了。」

朋友關心地說：「那也不應該啊，老孟，你最近是不是太累了啊？」

孟副省長說：「是有點，都是被呂紀那傢伙搞的，我工作之餘還要防備這傢伙，就有點精神透支了。」

朋友笑了一下，說：「這樣子啊。老孟，太累的話索性就多休息休息吧，搞壞身體就太不值得了。」

「多休息休息？」孟副省長提高了音量說：「你讓我多休息休息是什麼意思啊？」

朋友笑笑說：「這有什麼難理解的嗎，就是字面的意思，你也為東海省操勞了大半輩子，也該是休息的時候了。」

「什麼，你想要我退下來？」孟副省長驚訝的道。

朋友說：「老孟，不要這麼一驚一乍的嘛。我們做領導幹部的，總有退下來的一天，所以你別反應這麼強烈好不好？」

「你都要把我趕回家養老了，我怎能反應不強烈呢？」孟副省長氣憤地說：「憑什麼，我離退休還有段日子呢。」

「憑什麼？老孟，你這是在質問我嗎？」朋友有點不高興的說。

「不是啦，」孟副省長不敢開罪他的朋友，趕忙解釋說：「我不是質問你，而是我的年紀還不到退下來的時候，而且你不是許諾我到政協去，再上一格的嗎？」

朋友嘆說：「此一時彼一時，老孟，到這個時候你還想再上一格啊？你自己做過什麼事自己不清楚嗎？這次呂紀來北京，跟高層反映了很多你的問題，讓高層很是震驚，這時候你還想著要上位？能全身而退就很不錯了。你這次裝病，不就是因為這個嗎？」

孟副省長愣了一下說：「你誤會了，我是真的生病，並不是裝病。」

朋友似乎認定了孟副省長是裝病，就有些不高興地說：「好了，老孟，在我面前就不要裝了吧？」

孟副省長看越描越黑，越發的著急，說：「不是的，你誤會了，我是真的摔傷了，不是裝的。」

朋友更不高興了，說：「老孟啊，你這就沒意思了吧？我去過你家，我就不信你家門前的三層小臺階能讓人摔倒？你騙誰啊！」

孟副省長發誓說：「我沒騙你，我真的是摔倒的。」

朋友不耐地說：「行了老孟，不管你是不是裝的，反正這是給你一個退下去的理由，你就順勢而為，急流勇退吧。」

孟副省長急說：「不是，我的身體還很好，我還能再工作幾年的。」

朋友反駁說：「老孟，你身體好又怎麼會走幾層臺階就摔倒啊？你剛才不是說你不是在裝病嗎？」

孟副省長真是有點百口莫辯了，說：「不是，我摔倒那是個意外。」

朋友冷笑說：「這會兒又成意外了，老孟，你究竟想怎麼樣啊？你怎麼這麼沒有大局觀呢？如果你繼續戀棧，難道不怕被查出什麼問題來，無法善終嗎？」

孟副省長愣住了，朋友的話已經帶有明顯的威脅意味，這是說他如果堅持不退，那等待他的就是對他的違紀調查了，這是在逼他就範啊。

孟副省長苦澀的問：「難道就沒別的辦法了？」

朋友無奈地說：「老孟，跟你說了這麼半天，怎麼就一點也說不動你呢？難道你就不明白我這麼做是為了保護你嗎？你和你的家人這些年也該撈夠了吧？可不要因為貪婪，而失去了所擁有的一切。」

孟副省長明白如果他不退的話，被追查的恐怕不只是他一個人，而是他全家人了。想到這一點，孟副省長心中不由得一凜，他知道他沒有別的選擇，只能退下去了。

孟副省長長嘆了口氣，說：「好，我退就是了。」

朋友這才滿意地說：「這就對了嘛，老孟，你要知道，一個官員只有最後能夠安全降落才算是結局完美的，你能夠安全降落，應該感到慶幸才對。」

孟副省長心裏暗罵慶幸個頭啊，沒有了權力，誰還理我啊？權力就是孟副省長的脊梁骨，此刻他的朋友逼著他交出權力，就等於是抽去了他的脊梁骨一樣。

孟副省長有氣無力的說道：「行了，我很累了，想休息了。」

朋友理解孟副省長現在的心情，一個把持了半輩子權柄的男人，一下子與權力無緣了，打擊一定很重。因此朋友沒有介意孟副省長的態度，笑笑說：「行，你休息吧。」就掛了電話。

房間一下子靜得可怕，孟副省長覺得整個世界都拋棄了他，似乎所有人都知道他現在是沒有權力的人了。這讓孟副省長特別的感覺不舒服。

自進入官場後，除了最初起步階段的幾年時間，孟副省長大多數都是掌握著權把子的人，他已經習慣了人們簇擁在他的身邊，一個勁地討好他。現在他沒有了這一切，以後的日子要怎麼過啊？這麼多年來，他在官場上得罪的人也不在少數，這些人如果知道他沒有了權力，又會怎樣對待他呢？

光是想想都令人恐懼。孟副省長越是琢磨越是害怕，躺在病床上輾轉反側，恰逢醫師來查房，令醫生驚訝的是，經過治療的孟副省長狀況不但沒有好轉，反而有加重的趨勢。

孟副省長是省裏的領導，醫生不敢怠慢，趕忙把情況向院長作了彙報，院長緊張起來，馬上號召專家做會診，於是孟副省長又被醫生們折騰了好一番。

心情沮喪的孟副省長在下午見到來探望他的呂紀和曲煒後，居然有一種見到親人的感覺，跟呂紀握手時，眼睛裏居然閃爍著淚光。

呂紀看到孟副省長嚇了一跳，才多久沒見，孟副省長居然變得這麼蒼老，看上去比之前那個意氣風發的孟副省長幾乎要老上十歲。這段時間內，一定是發生了什麼事。

呂紀握著孟副省長的手，關心地說：「老孟，你怎麼這麼不小心啊，上臺階急什麼，怎麼跟個孩子一樣冒失啊。你可要知道，我們已經不再年輕了，胳膊腿都僵硬了。」

孟副省長苦笑說：「是啊，不服老都不行，這次生病提醒了我。今天醫生給我做了檢查，發現我許多生理指標都比正常值高出很多，如果這個狀態一直持續下去的話，我的身體早晚要出大事的。所以我想也到了該急流勇退的時候了，出院後，我就要打報告申請退休了。」

呂紀和曲煒都有些意外，沒想到孟副省長居然會主動提出要退休，這可是太陽從西邊升起來了。一直以來，孟副省長都把持著權力不放，更是個貪婪的人，貪錢、貪色、貪權，怎麼會突然變成一個甘於放棄權力的人呢？

這世界上的事就是這樣詭異，當一個常常會說謊話的人突然說起真話來了，沒有人會去相信他。呂紀和曲煒都認為孟副省長是在演戲給他們看。這傢伙裝可憐，估計是想騙取呂紀同情他，好避免呂紀繼續攻擊他。

呂紀笑笑說：「老孟，看你這說的什麼話啊，你這個年紀退休是不是也太早了點？東海省的同志還需要你的豐富經驗作為指導呢。」

孟副省長說：「你真是會說笑，我不行啦，跟不上時代了，現在身體又這麼差，不退下來不行的。」

孟副省長一再堅持要退下來，倒把曲煒和呂紀給弄糊塗了，他們不知道孟副省長真實的目的是什麼。

呂紀和曲煒心中揣著悶葫蘆跟孟副省長寒暄了幾句，然後就跟孟副省長道別了。

出了病房，呂紀看了一眼曲煒，說：「你覺得老孟是在跟我們玩什麼把戲啊？」

曲煒說：「有點莫測高深，我也看不透他葫蘆裏賣的是什麼藥，是不是發生什麼我們不知情的事啦？」

呂紀點點頭說：「很有可能是啊，難道有高層給孟副省長遞話，讓他退休？」

曲煒愣說：「所以孟副省長說的都是真話了？」

呂紀說：「我覺得他說的可能是真話。老曲，現在東海的形勢要發生變化了。原本大家都猜測會先動我這個省委書記，現在看來似乎會先動孟副省長這個常務副省長，所以你應該趕緊運作一下，爭取把這個常務副省長的位置拿到手。」

曲煒知道自己是搶得了先機，運作得當的話，不無拿到這個位子的機會，就說：「行，我跟傅華說一聲，讓他幫我跟田副部長打聲招呼。」

呂紀催促說：「趕緊打吧，現在可是關鍵的時刻。」

曲煒就打電話給傅華，說：「我剛剛得到一個消息，孟副省長會馬上辦退休，你幫我跟田副部長說一聲吧。」

傅華詫異地說：「這個消息確定嗎？」

曲煒說：「應該確定吧，這是孟副省長自己說的。」

「孟副省長自己說的？好的，我會跟田副部長聯絡的。」傅華答應了聲，就撥電話給田漢傑，講了曲煒的事，田漢傑應承了，說會跟他的父親講這件事。

打完電話，傅華心想，讓田副部長幫曲煒爭取常務副省長只是其中一件，另外還要狙擊金達的上位才行。那次見過關偉傳後，關偉傳一直沒有新的消息，傅華就打電話給胡東強。

「傅哥找我什麼事啊？」胡東強接了電話，問道。

傅華說：「東強，關偉傳那邊有沒有什麼消息啊？」

胡東強回說：「沒有啊，這事可能需要一些程序，沒這麼快下來，怎麼了？」

傅華說：「現在東海省發生了點變化，孟副省長馬上就要退休了，新的常務副省長的人選就快要產生了。」

胡東強明白傅華為什麼著急了，如果國土部門遲遲不能做出對海川高爾夫球場的處分決定，那就無法狙擊到金達了。

胡東強便說：「傅哥，我知道你的意思了，我馬上給關偉傳電話，問問他這件事的進展。」

傅華說：「行，那我等你電話。」

胡東強說：「你也別悶在家等我電話了，這就到了晚餐時間，出來一起吃飯吧。」

傅華聽了說：「行啊，我請你，你想去哪裡吃？」

胡東強笑說：「你現在是在失業狀態，還是我請你吧，去富力萬麗酒店的『發達鴨』吧，有段時間沒吃粵菜了，我最喜歡那裏的港式茶點了，他們的鳳梨叉燒包簡直是一絕，還有一樣糯米雞也很好吃。」

傅華笑說：「別說了，我的肚子已經叫起來了。那我們就在那裏碰面吧。」

結束通話後，傅華就開車去富力萬麗酒店，「發達鴨」在酒店的四樓，傅華進了電梯，伸手按了四的樓號。

正當電梯門要關上的時候，一隻手伸進來擋了一下，電梯門再次打開，兩名男子站在電梯門前也要上電梯的樣子。

傅華看到兩名男子中的一個，不禁愣了一下，這個人居然是何飛軍。傅華不好不打招呼，說：「這麼巧啊，何副市長，你怎麼今晚沒在中央黨校啊？」

何飛軍看到傅華不由得笑了，他自然知道傅華已經被免職了，想到這個上報他嫖妓的傢伙居然也有這一天，而他卻一點事都沒有，心中就有一種滑稽的感覺，也有一種說不出來的愜意。

何飛軍帶著譏諷的口吻說：「是很巧啊，傅主任這是來幹什麼啊？你看我這記性，還稱呼你為傅主任，我忘了你已經被免職了。」

傅華知道何飛軍這麼說是故意氣他的，不值得跟這個小人計較，就笑了一下，說：「我是來跟朋友吃飯的，何副市長這是要幹什麼啊？」

何飛軍指了指跟在他後面走進電梯的男子說：「我是和這位吳老闆來吃飯的。傅華，你還不錯嘛，被免職了還能到這麼豪華的五星級酒店來吃飯，在駐京辦主任的位置上貪了不少錢吧？」

傅華看何飛軍說話陰陽怪氣的，不禁說道：「何副市長，是不是看到我這樣你很得意啊？」

何飛軍聽了說：「是啊，我是很得意，想不到你這傢伙也有吃不開的時候啊，你不知道這一刻我心中有多高興啊。」

傅華笑了起來，說：「你也別得意的太早，話說你記性不好，我的記性卻是很好的，有些事我可沒忘。我在北京也混了這麼長時間，相熟的員警不少，你信不信我能讓你的記性一下子好起來啊。」

何飛軍臉色變了，那晚何飛軍嫖妓被抓是傅華把他撈出來的，傅華如果想在這件事上做文章的話，他還真是承受不住，就不說話了。

傅華笑笑說：「看來您的記憶恢復了，下次請別再犯這種好了瘡疤就忘了痛的錯誤了。」

何飛軍的臉騰地一下子紅了，被傅華教訓得無地自容。幸好這時電梯到了四樓，何飛軍急忙和吳老闆走出了電梯，也沒跟傅華打招呼，就頭也不回地往餐廳走去。

傅華在後面冷冷的看著何飛軍，走出電梯停了一下，掃視了一下餐廳。整個餐廳的輪廓形似一隻憨態可掬的鴨子，餐廳內的搭配佈置，還描繪出鴨子翅膀和羽毛的形態。廚房則採開放式設計，還放了一個大掛爐，客人可以隨時欣賞廚師烹飪時的精湛技藝。

傅華環視四周，沒有發現胡東強的身影，就拿出手機打給胡東強，問：「你在哪裡，我已經到了。」

胡東強笑笑說：「我在包廂裏，快過來吧。」

傅華就看到其中一間包廂打開了門，胡東強站在那裏朝他揮手，就走了過去。

這時，何飛軍也跟吳老闆一起進了包廂，吳老闆好奇地問道：「這人是誰啊，這麼囂張？」

何飛軍冷笑一聲說：「是前海川市駐京辦主任。」

吳老闆聽了說：「那豈不是你的部下了？都免職了還敢這麼囂張對你啊？」

何飛軍嗤了聲說：「他就這副德行，你不知道他原本更狂的，除了我們海川市的一二把手，他都沒把別人放在眼中過。這都是海川市委書記金達寵他的結果。也就是因為金達太寵信他了，才導致這傢伙不知道天多高地多厚，冒犯了金達，結果被市委給免職了。」

吳老闆笑說：「原來是這樣啊，居然吃一塹還不長一智，敢這麼狂妄的對你，簡直是豈有此理。」

何飛軍說：「官場上這種不知道自己多少斤兩的小人物太多了，不值得跟他們計較的。誒，怎麼歐總還沒到啊？」

吳老闆說：「是啊，他怎麼還沒到啊？我打個電話催一下。」

何飛軍攔阻說：「你別急，我們倆先合計一下。吳老闆，你說歐總真的說他已經幫我運作好了？」

吳老闆點點頭說：「他是這麼說的，還說已經拿到了你的任職決定書，準備調你去營北市擔任市長呢。我今天把你從黨校叫出來，就是想讓你驗證一下他拿來的文件是真是假。」

營北市是跟海川一樣的地級市，只是營北市的經濟規模比海川市要小很多。不過能做營北市的市長，對何飛軍來說已經足夠了。寧為雞頭不為鳳尾，營北市的市長可是獨當一面，比留在海川作孫守義的小弟不知道要好多少倍。

何飛軍眼睛亮了起來，趕緊說：「吳老闆，真是太感謝你了，多餘的話我也不說了，你放心，等我成了營北市市長後，一定會好好報答你的。」

吳老闆笑了起來，他要的就是這個效果，便說道：「何副市長，你這話就見外了不是，我們誰跟誰啊?!哈哈。」

胡東強的包廂裏。

胡東強說：「傅哥，我跟關偉傳講過了，他答應我很快就會出一份文件，到時候會點名海川，尤其是金達任職市長期間默許這家高爾夫球場的違建。怎麼樣，這可以了吧？」

傅華點點頭說：「足夠了。」

胡東強說：「那行，我們點菜吧，這裏的烤鴨很有名，鴨皮酥脆、口感絕佳、怎麼樣，來上一隻？」

傅華笑笑說：「烤鴨就算了吧，現在像樣的中餐廳都有烤鴨，雖然口味上有好有壞，但差別不大的，吃來吃去都那個味，實在是有些膩了。」

胡東強聽了說：「那就不點烤鴨，來個黑松露燉響螺，再來個生炒水魚。傅哥，這個生炒水魚你可要好好嚐嚐，這是特色菜，我每次來必點。這也是功夫菜，這裏的大廚把這道菜做得極為出色，肉質十分鮮嫩。」

傅華笑說：「那我可真要好好嚐嚐了。」

第十章

假想敵

曲志霞是一個不肯認輸的人，
她把金達視為假想敵，總覺得自己比金達強。
因此曲志霞一直心中有股不平之氣，
她在等待機會，想要超越金達。
現在老天像是開了眼，把機會送到了她的面前。

此時，歐吉峰總算到了，一進包廂就陪笑說：「不好意思啊，事情太多絆住了，讓兩位久等了。」

吳老闆說：「也沒等多久的。誒，歐總，你說的那個東西帶來了嗎？」

歐吉峰詭異的笑了一下，說：「當然帶來了，我向來是說到做到的。」

何飛軍看歐吉峰的眼神變得熱切起來，好像歐吉峰是他的熱戀情人一樣，急切的說：「歐總，趕緊拿出來我看看。」

歐吉峰卻說：「先別急好嗎？有些話我還沒交代呢。」

何飛軍趕忙說：「那你交代吧。」

歐吉峰說：「是這樣的，我給你們看的這份文件是從東海省組織部門拿出來的，這份文件還在審批的程序中，還沒對外公開過，所以希望兩位絕對要保密。如果這個任命書洩露出去，不但有人要丟飯碗，我朋友辛苦幫你運作的這一切也可能會付諸流水。你們明白了嗎？」

何飛軍連連點頭保證說：「你放心，我懂得這裏面的利害關係，現在可以拿出來了吧？」

歐吉峰這才說：「可以，我拿給你們看。」說著，就從手包裏拿出一張薄薄的紙遞給何飛軍，說：「你好好看看吧。」

何飛軍雙手顫抖的接住了歐吉峰遞過來的文件，這張紙對他來說彷彿有千斤重，這是他的市長任命書啊，有了這張紙，他就可以成為營北市的市長了。這一刻，他的眼睛都有點模糊了，眼看著那帶著紅頭的文件，卻怎麼也看不清上面的字。

何飛軍知道自己太激動了，趕忙穩定一下情緒，再次去看這份紅頭文件。文件是以東海省委的名義發出的，內容是決定任命何飛軍同志出任營北市的副書記，市委常委，副市長，並推薦他作為營北市市長的候選人。

何飛軍此刻心潮澎湃，他終於有機會成為正廳級幹部了。

正當何飛軍看得津津有味的時候，冷不防歐吉峰一把從他手裏把文件給抽走，然後裝入了手包。

何飛軍頓時像是心肝寶貝被搶走一樣，衝著歐吉峰叫道：「歐總，你這是幹嘛啊？」

歐吉峰說：「這東西你看看就行了，這是還在審批中的東西，不能被外人看到的。誒，老吳啊，任命書我也拿給你們看了，是不是你可以把剩下來的兩百萬付給我了？」

吳老闆看了看歐吉峰，說：「這份文件還沒生效呢，是不是等生效了我再付清啊。」

「那怎麼行啊，」歐吉峰叫了起來：「老吳，你不要以為這兩百萬都是我賺了，這都是用來打點審批程序中的關鍵人物的。我可跟你說，你們不把兩百萬匯給我也可以，審批程序中要是出現什麼變故，最後導致這次運作失敗，那我可不負任何責任的。」

聽歐吉峰這麼說，何飛軍就有些著急的看了看吳老闆，說：「吳老闆，你看這件事……」

吳老闆看得出來何飛軍十分急切，是讓他快點付錢的意思，可是他有些擔心，不想馬上拿錢去換一張還沒生效的紙，就問何飛軍：「何副市長，你覺得這東西是不是真的？」

何飛軍其實也不是很清楚這些程序上的東西，但是因為心中迫切的想當上營北市的市長，加上歐吉峰的富豪做派似乎不是一個騙子能夠做出來的，因而早已信了八九分了，便點點頭說：「應該沒問題的。」

歐吉峰笑笑說：「聽到沒有，人家何副市長可是政府的人，懂得這些東西的。老吳啊，你就別疑神疑鬼的了，我們倆也是很久的朋友了，你什麼時候見過我騙你啊？」

吳老闆想想也是，這個歐吉峰還是他介紹給何飛軍認識的，怎麼他反倒不相信歐吉峰了呢？就笑笑說：「行了，我知道你沒騙我。回頭我就把錢匯到你的卡上，你就盡力幫何副市長運作吧。」

「行啊，你們就等著聽好消息吧。」歐吉峰拍拍胸脯說：「好啦，別光顧著說這些了，點菜吧，我有些餓了。誒，這裏的波士頓龍蝦我很喜歡，蝦肉緊實勁爽，你們可以點一道來嘗嘗。」

何飛軍和吳老闆看歐吉峰對這裏這麼熟，一副常客的樣子，對歐吉峰的信賴就更增加了幾分。

此刻在胡東強和傅華的包廂裏，兩人也正在吃著這道波士頓龍蝦呢。

傅華對這家餐廳的菜色讚不絕口，胡東強不禁笑說：「傅哥，也許在動腦筋方面你比我強，但是吃喝玩樂這方面，我可是比你強的不止一點啊。」

傅華認輸說：「我承認，在吃喝玩樂方面，你經驗確實比我豐富。」

胡東強說：「我的觀點是拼命工作也要拼命地玩，什麼都要玩出風格來，所以以後你要多找我出來吃飯，你老悶在家也不是個事，會悶出毛病來的；三不五時找我出來，大家熱鬧一下，什麼煩惱的事都能放下的。」

傅華笑笑說：「這我可以答應你，這種好事我是不會拒絕的。」

最後上的美食是鮑魚海鮮飯。鮮美的魚湯澆在炒過的米粒上，發出滋滋聲響，效果極佳，湯汁滋潤，飯粒脆口。

吃完鮑魚海鮮飯，這場晚宴就完美結束了。胡東強買了單，兩人便坐電梯下樓。

電梯門打開時，傅華看到電梯裏的男人再度愣住，心說今天真是邪門，怎麼在這家酒店老是碰到熟人啊？

這次他遇到的是北大名教授吳傾，不過此刻的吳傾卻是一點名教授的風範都沒有，而是一種十分怪異的形象。

只見吳傾的頭髮耷拉著，眼神中滿是恐懼，似乎是經歷了什麼可怕的事。

最令人詫異的是，吳傾的脖子上有著一圈紅印，似乎是被什麼人用鏈子之類的東西用力的勒過，傅華的感覺吳傾像是被人當做狗牽過一樣。這真是太令人驚訝了，誰能將吳傾這個名教授當做狗拉起來遛啊？

吳傾看到傅華也是一陣錯愕，他沒想到會在這裏碰上傅華，尷尬的咧了咧嘴，似乎想要說什麼，張了半天嘴卻什麼也沒說出來。

傅華看這個情形，此刻他要進電梯的話，大家都會很尷尬，就拉了一把要邁入電梯的胡東強，說：「東強，先等一下，我們坐下一班吧。」

胡東強也感覺到電梯裏這個男人有點不對勁，聽了傅華的話，就縮回腳，往後退了一步，電梯門就關上了。

胡東強看了看傅華，說：「你認識這個人啊？」

傅華點點頭，說：「他是北大的教授，叫吳傾。」

胡東強對學術界不感興趣，因此對吳傾這個名字沒有什麼反應，只是笑笑說：「原來是個教授啊，竟然玩得這麼前衛。」

傅華詫異地說：「玩什麼這麼前衛啊？」

胡東強曖昧地說：「ＳＭ（編按：sadomasochism的簡稱）遊戲啊。傅哥玩過嗎？」

傅華忙說：「沒有，你不會告訴我你玩過吧？」

胡東強不以為意地說：「我還真玩過。有些高級的夜總會裏，陪侍女郎會提供這種服務。」

傅華大感驚訝地說：「你是說那個吳傾脖子上的血痕就是玩ＳＭ留下來的？」

胡東強點點頭說：「應該是吧。傅哥，你別覺得這很變態，那些受過高等教育的人才愛玩呢，認為這才夠刺激。」

傅華不能理解地說：「我總覺得怪怪的，有時候我真是不理解這些高等知識分子啊。」

這時電梯門再度開了，傅華和胡東強一起走進電梯。電梯門關上的那一刻，傅華下意識地往酒店大廳掃了一眼，他忽然想到一個人，那個人可能就是今晚對吳傾ＳＭ的女人，而這個女人恰巧在北京。

不過他隨即否定了這種可能性，曲志霞雖然是強悍了點，但好像不是愛玩這種調調的人。而且，就算曲志霞玩這種調調，感覺上也應該是吳傾為強勢的一方，不會被虐待成這副樣子。

傅華的第六感一點沒錯，這個人正是曲志霞，他不知道的是，曲志霞利用她強勢的手腕扭轉了跟吳傾之間的強弱形勢。此刻，曲志霞正在十七樓的房間裏看著窗外若有所思呢。

曲志霞現在也搞不懂她跟吳傾究竟算是一種什麼樣的關係，她一方面憎恨吳傾的花心，覺得吳傾拿她當玩物看，可是另一方面，她不得不承認吳傾除了在課堂上很有魅力，在床上也是一個高手，懂得喚醒女人身體的渴求。

正是因為這種又愛又恨的矛盾心理，讓曲志霞現在還是在跟吳傾糾纏不清著。

這次在酒店見面還是曲志霞主動提出來的，她結束了這次在職博士的學習，明天就要回海川了。一想到要回去面對無趣的丈夫，曲志霞心中未免有些怏怏，於是就想在回去前跟吳傾再好好聚一次，也算是給這次北京之行留下一點美好記憶。

接到曲志霞電話的吳傾自然不敢怠慢，他還有把柄在曲志霞手裏攥著呢，於是應約來到酒店。曲志霞已經開好了房間等著他。

到了房間後，吳傾陪笑著說：「志霞，你叫我來幹什麼啊？」

曲志霞笑笑說：「教授啊，我馬上就要回海川了，自然是要跟你話話別了，過來吧。」

雖然曲志霞是笑著說這句話，但是吳傾心裏卻很緊張，他對這個女人畏若蛇蠍，現在曲志霞只要稍有不順，就會對他連罵帶打的，搞得吳傾對她無所適從，不知如何才好。

吳傾不敢違抗曲志霞的命令，老實地到了曲志霞面前。曲志霞伸出手來撫摸著吳傾，不一會兒，吳傾的身體就被曲志霞的動作給喚醒，色心大起，就忘了曲志霞之前對他的虐待，開始積極回應曲志霞，很快兩人就扯去對方的鎧甲，這一對說不清楚對對方是愛是恨的男女就又滾到了床上。

吳傾開始親吻曲志霞的高峰和低谷，這是吳傾最令曲志霞難忘心動的地方，他總是很耐心的把前戲做足，一點一點的點燃她的身體，直到她的身體燃起熊熊大火。

這次也不例外，在吳傾到位的前戲下，曲志霞感覺自己如火如焚了，於是敞開花徑，等待著吳傾的進入。

偏偏在這個緊要關頭，好死不死，吳傾的手機響了起來。

吳傾的手機放在床頭櫃上，曲志霞聽到手機響，一轉頭就看到手機上顯示的來電號碼。

吳傾的電話都是用真實姓名記錄的，並沒有用什麼暱稱之類，曲志霞見到上面顯示的是田芝蕾的號碼，立時滿腔怒火，於是悲劇發生了。

曲志霞往昔的記憶再度被喚醒，不由得大怒，一把將吳傾從身上掀了下去，然後指著吳傾的鼻子大罵道：「你個混蛋，你還在跟田芝蕾那個狐狸精來往啊。」

吳傾趕忙辯解說：「沒有的事，我跟她早就斷了來往，也許田芝蕾是找我談功課上的事呢。」

曲志霞用懷疑的眼神看著吳傾，吳傾趕忙說：「是真的，我不騙你的。」

曲志霞是什麼人啊，她是久經沙場、鬥爭經驗豐富的女人，一把將吳傾的手機拿了過來，按下了接聽鍵，然後靜等對方講話。

吳傾大感不妙，正想開口提醒一下電話那頭的田芝蕾，卻被曲志霞惡狠狠的目光給瞪了回去，只好閉上嘴。

不過，就算吳傾想講話也晚了，田芝蕾嗲嗲的聲音已經從話筒裏傳了出來，「傾傾啊，你應付完那個老女人了吧？」

曲志霞這下子可真是火大了，田芝蕾竟然叫她老女人，女人本來就最忌諱被人說老；再來，田芝蕾明顯知道吳傾在跟她幽會，這不用說，一定是吳傾告訴田芝蕾的，想到這兩個賤人背著她私通款曲，田芝蕾還親熱的叫吳傾為傾傾，顯然兩人很親密，根本不是如吳傾說的那樣已經了斷乾淨的情形，曲志霞簡直要氣炸了。

曲志霞衝著手機大叫一聲，說：「還沒應付完呢，你這個騷狐狸著急了嗎？等我用完了他再說吧。」說完，曲志霞就把電話掛了，然後就把手機扔在地上，怒目圓睜的看著正在發抖的吳傾。

吳傾哆嗦地說：「你先別急，聽我解釋好不好？」

「解釋個屁啊，你還想繼續矇騙我嗎？」曲志霞越說越氣，眼珠子在房間裏搜尋著，想找個什麼東西狠狠的整治一下吳傾。

她的眼睛注意到她背來的名牌包。這款皮包的設計別具匠心，是用一條粗大的鍍金鏈子做背帶，這條背帶恰好用來整吳傾。

曲志霞就去把包包給抓了起來，然後用鏈子纏著吳傾的脖子，用力的勒了起來。此時她心中真是恨極了吳傾，恨不得置吳傾於死地。

房間裏立時出現一幅香豔詭異的景象，一個光溜溜的女人用鏈子死命的勒住一個赤身裸體的男人的脖子。男人的手拼命掙扎抓撓著，喉嚨裏發出幾近窒息的聲音。如果不知情的人看到這個場景，還真會以為兩人在玩窒息性愛遊戲呢。

直到吳傾被勒得直翻白眼，快喘不過氣來時，曲志霞才意識到她這個行為的危險性，畢竟她並沒有要殺吳傾，趕忙鬆了手。吳傾這才得到喘息的機會，急促的呼吸了好幾下，方才回過勁來，趕忙抓起衣服穿了起來。

這時候的曲志霞對吳傾來說，不僅僅是蛇蠍，簡直就是殺人的惡魔，他心裏害怕極了，連看曲志霞一眼的勇氣都沒有，匆匆把衣服穿上後，就趕忙打開房門，逃離曲志霞的魔掌。

曲志霞並沒有阻止吳傾，她整晚的好興致都被田芝蕾那個電話給破壞迨盡，於是冷眼看著吳傾離開了。

吳傾離開後，曲志霞心裏直問自己是怎麼了，怎麼會情緒失控到差點殺了吳傾的程度呢？她這時候開始後悔來北京跟吳傾讀這個博士了。

如果不來讀這個博士，她的生活頂多有些平淡而已，並沒有這些爭風吃醋的煩惱，但她經歷了吳傾之後，才真正領略到男女之情的快樂，吳傾讓她食髓知味，欲罷不能，此刻後悔已經晚了，她的臉上不禁浮起一絲淒涼的苦笑。

無論如何，這些該暫且放下，馬上就要回海川，她要趕緊理順思緒，重新回到工作狀態中去。

雖然這段時間曲志霞在北京，但是她並沒有忽視海川的任何風吹草動。最近海川的政壇變化不可謂不大，先是金達終於下了辣手，搬掉釘子戶傅華。恰在這個當口，金達又中風了。假如金達栽了跟頭，市委書記的寶座馬上就會空出來。孫守義一定會遞補上去，那樣孫守義的市長寶座空了出來，她這個常務副市長的機會就很大了。

想到自己很可能會再上一層，曲志霞的心情立時好了很多，剛才因為田芝蕾所生的一肚子氣頓時消散不少。

然而上天彷彿是故意要氣曲志霞一樣，正當她心情好起來之際，她的手機響了起來，居然是田芝蕾打來的。

曲志霞很是錯愕，田芝蕾打電話來幹什麼?!如果不接，田芝蕾也許會以為她怕她呢，就接通了電話。

曲志霞電話一接通，田芝蕾高分貝的質問聲就從耳邊響起：

「曲志霞！你個老女人想幹嘛，你是找情人還是找老公啊？找老公的話，你老公在東海省呢！你是個小三，憑什麼管吳傾啊，也不撒泡尿照照自己，什麼德行啊。」

曲志霞被激得再度冒起火來，毫不示弱地反擊道：「田芝蕾，我不用撒尿照自己也知道我比你強，我一個電話吳傾就得老老實實給我滾過來，你行嗎？」

田芝蕾氣得大叫：「你這個老女人，你拿吳傾跟你上床那點破事脅迫吳傾算是什麼本事啊?!你信不信我把你這件事給捅到海川去？到時候我看你這個副市長還有沒有臉待在海川！」

曲志霞冷笑一聲，說：「你個騷狐狸，你嚇唬我啊，你去捅啊，我怕的話就不是曲志霞了。」

田芝蕾罵道：「你個無賴，明知我不想給吳傾惹麻煩，算你狠！」就恨恨地掛了電話。

曲志霞心說：我這還算狠啊，狠的你還沒見過呢！官場上比我狠的比比皆是。

第二天上午，羅雨送曲志霞去機場。曲志霞看上去心情還不錯。

曲志霞突然問羅雨說：「小羅啊，你做這個駐京辦主任還適應吧？」

羅雨趕忙說：「是代理主任而已，曲副市長，總體上還算可以啦，工作的流程都是傅主任在的時候定好的，我只不過是蕭規曹隨罷了。」

曲志霞笑笑說：「我知道你是代理主任，不過，這代理代理著可能就會轉正了。」

羅雨愣了一下說：「您的意思是傅主任再也不會回來了？」

曲志霞看著羅雨說：「怎麼，他不回來豈不是更好嗎？這樣你才有機會做駐京辦的主任啊？」

羅雨卻說：「我希望傅主任能夠回來，有他在，我們心中就像有個定盤星，做什麼事都不慌張；他不在，我們就好像是缺了主心骨一樣。」

曲志霞意外地說：「沒想到傅主任在駐京辦的威信還挺高的啊。」

羅雨說：「那是當然了，駐京辦是他一手打造起來的，他在我們心中的地位是很高的。」

羅雨曾經一度有想取傅華而代之的想法，但是經過一番挫折後，他意識到這個駐京辦主任還真不是他能玩得轉的，就認命的放正自己的位置，不再有貳心了。

這次他代理主任，發現有些部委似乎有故意刁難海川駐京辦的意思，本來很容易就辦成的事，卻被找了各種理由推諉，或是收了件卻遲遲沒有結果。這不是個好現象，羅雨認為之所以會這樣，大概是他們在為傅華抱不平的關係。

短時間對海川還不會有什麼明顯的影響，但是一直這樣下去，部委同志的怨氣不能發洩出來，不斷地積累下去，後果將會很難預料。羅雨這段日子過得也很累，他迫切希望傅華能夠儘快回歸。

曲志霞聽到羅雨的話，彷彿抓到了一絲什麼，可是一時半會兒她又想不出是什麼，就有點悶，不再跟羅雨講話。

到了機場，曲志霞還是沒想出來究竟是什麼，直到羅雨送她去安檢的時候，曲志霞才想到，原來是羅雨說的那句「傅主任再也不會回來了？」，這提醒了曲志霞，也許傅華復職是她可以操作的事。

到海川這麼久，曲志霞的表現卻乏善可陳，由於海川政壇被金達和孫守義兩人聯手把持，曲志霞就是想有所作為也是無從著手。

偏偏曲志霞是一個不肯認輸的人，特別是她一向把金達視為假想敵，她總覺得自己比金達強。因此曲志霞一直心中有股不平之氣，她在等待機會，想要超越金達。

但是機會並不是想要就有，曲志霞找不到勝出的機會，被逼無奈讀了在職博士；現在老天像是開了眼，把機會送到了她的面前。

傅華的事本來就不嚴重，甚至從另一個角度上看，他是做了替罪羊，本身是無罪的。這是一個很好的切入點，她可以拿這件事做文章，直接挑戰金達的權威。挑戰成功的話，她就可以借機在海川樹立自己的威信；就算不成功，她也可以借此收攏傅華的心。

曲志霞覺得這是一個只贏不輸的事，反正因為氮肥廠地塊的事，金達和孫守義對她早已不滿；而駐京辦本就是曲志霞分管的範圍，她幫傅華復職也是合情合理的。曲志霞心中打定了主意，回去後就要先運作這件事。她到任這麼久，也該在海川政壇上發出自己的聲音了。

曲志霞的航班並不是直飛海川，而是飛去齊州，她在北京待了這麼長時間，也該先回家看看。

回到家中，丈夫已經做好一桌豐盛的飯菜等著她了，見了她，並沒有太多噓寒問暖的話，只是淡淡的說了句「回來了」。

這是曲志霞熟悉到不能再熟的氛圍，丈夫的行為已經很公式化，這麼久沒見，他也沒絲毫的變化，似乎她根本就沒去北京一樣。

晚上，夫妻免不了有親密行為，丈夫依舊是那麼的循規蹈矩，沒有絲毫的變化，與吳傾在床上的花樣翻新差得真是太遠了。

丈夫沒多久就繳械完事，很快就鼾聲如雷的睡了過去。搞得一旁的曲志霞十分難受，她被撩撥起來的熱情還沒有發洩出來呢，丈夫卻已經偃旗息鼓了，讓曲志霞別提有多彆扭了，忍不住又想起了吳傾來。

想到吳傾，她不禁暗罵他此刻大概正在跟田芝蕾風流快活著吧，曲志霞心中泛起了濃濃的醋味，開始琢磨著下次要怎麼去折磨吳傾了。

第十一章

青萍之末

曲志霞說：

「我們已經種下了質疑金達和孫守義的種子，

這個種子很快就會發揮作用的。」

于捷質疑說：「真的會起這麼大的作用嗎？」

曲志霞笑笑說：「正所謂風起於青萍之末，

你等著看吧，好戲慢慢就會上演的。」

在家待了一晚，曲志霞就回到海川上班去了。

她先去找了孫守義銷假。孫守義看到她顯得很高興，說：「曲副市長，你可算回來了，這段時間真是把我忙壞了。」

曲志霞笑了一下，說：「市長辛苦了，現在我回來，這下您可以輕鬆些了。」

孫守義嘆說：「也輕鬆不下來，總是有事要忙。誒，這次學習的還順利吧？」

曲志霞回說：「挺好的，學到了很多東西。」

孫守義笑說：「我真佩服你，好學不倦，我就不行了，拿起書還沒看就已經睏了。人說四十不學藝，可能就是說的我這種人吧。」

曲志霞聽了說：「您太謙虛了，您那是因為工作太忙累的。誒，市長，我有件事想要問一下您，市裏面下一步打算怎麼安排傅華同志啊？話說傅華同志正是年富力強的時候，就這麼讓他閒置在家，似乎有點太浪費人才了。」

孫守義心裏一愣，他真沒想到第一個站出來幫傅華說話的居然是曲志霞。他還記得曲志霞曾經對傅華很有看法，怎麼突然轉變態度了呢？難道這個女人在打別的什麼主意？

孫守義看了曲志霞一眼，說：「這件事班子的同志還沒討論過，傅華同志情況也比較特殊，他的家安在北京，如果讓他回來，他肯定很難接受；北京呢，海川市又沒有合適的職務安排給他，所以我也很困擾啊。」

曲志霞反駁說：「怎麼會沒有合適的職位呢？現成的就有一個啊。」

孫守義愣說：「現成的就有一個，我怎麼不知道啊？」

曲志霞笑笑說：「就是駐京辦主任啊，這個位置一直空懸著，我也看不出海川市還有誰有這個能力能做好這個駐京辦主任。」

孫守義驚訝地說：「你是說讓傅華復職？」

曲志霞看著孫守義說：「難道市長不想讓傅華復職嗎？我記得你曾經很欣賞他的啊。」

「我怎麼會不想讓他復職呢？」孫守義略微尷尬的說：「你說得不錯，駐京辦主任這個位置，傅華確實是最合適的人選，但是他剛剛才被金達書記免職，如果這時候提出讓傅華復職，要把金書記置於何地啊？」

雖然孫守義看似認同傅華的能力，但是曲志霞卻感覺到孫守義話說的言不由衷，聯想到孫守義當初也贊成免去傅華的職務，曲志霞明白她是不能期待孫守義成為她的同盟軍的。

曲志霞笑了一下說：「市長，您這話我就不愛聽了，什麼叫做置金書記於何地啊？我們看事情應該只看對或者錯，而不是看是哪個領導做出的決定。我認真分析過傅華被免職這件事，我認為金書記對他的處置很不公平。既然這樣，我覺得很有糾正過來的必要。正好市裏也沒有更合適的駐京辦主任人選，讓傅華復職對雙方來說都是一個很好的臺階。」

孫守義心說我也知道這對傅華不公平，但關鍵是金達不會想讓傅華復職的，在免職傅華的當下，金達就讓組織部門醞釀新的駐京辦主任人選了，明顯是要堵死傅華的回歸之路。要不是金達接連發生兩次中風，此刻也許新的駐京辦主任都已經產生了呢。金達這關過不了的話，就算是再說出個花來，對傅華的復職也是沒用的。

孫守義壓根不相信曲志霞真的有那麼正義感，她絕不會無緣無故想要幫傅華的，其中肯定有她的算計。

孫守義滑頭地說：「曲副市長，我也贊同你的看法，但現在問題的關鍵是金書記，他是我們這個領導班子的班長，他不同意讓傅華復職，我們很難做什麼的。」

曲志霞毫不留情地批評說：「市長，您也是市政府的一把手，怎麼只會做金書記的傳聲筒呢？就算明知他錯了也不敢提反對意見，你這樣可真是沒主見啊。」

孫守義的臉色就不太好看了，不悅的說：「曲副市長，請你說話注意一點，我這是沒主見嗎？我這是為了維護班子的團結。」

曲志霞出聲本來就是想挑戰金達和孫守義的權威的，因此並不畏懼地說：「為了維護班子的團結，這個理由太牽強了，不知道傅華同志聽到會怎麼想啊？他信賴的領導們居然為了班子的團結就把他給這麼犧牲掉了，我如果是他，一定很寒心的。」

孫守義的臉色越發的難看了，說：「曲副市長，你對我這麼冷嘲熱諷也沒用，想讓傅華復職，你要先做通金書記的工作才行的。」

曲志霞說：「這我清楚，你不說我也會去找金書記談論這件事的。市長您忙吧，我走了。」

孫守義冷冷的說了句「不送」，曲志霞就走出了孫守義的辦公室，留下一肚子氣的孫守義。

孫守義心中暗罵曲志霞囂張，不過曲志霞是占理的，孫守義也無法反駁。他大嘆這些麻煩都是金達惹出來的，要不是金達小雞肚腸的非要整傅華，根本就不會有這些事，但現在他已經跟金達站在一起，就必須盡力維護他們當初一起做出的這個決定。

想到這裏，孫守義臉上浮現出一絲苦笑，他知道少不得要再次給傅華造成傷害了。不過這就是官場，講求的是共同的利益，不講求彼此間的情誼。就像曲志霞一樣，本來她很反感傅華的，甚至還整過傅華，但是一嗅到某種利益的味道，她就轉而成為傅華的維護者了。

在這一點上，曲志霞就比金達強多了。曲志霞是個有大局觀的人，懂得全面權衡利弊，從而做出有利自己的取捨，這樣的人可以在仕途上走得更遠。而金達卻有知識分子的偏執，他感到自己被傅華冒犯了，就不管不顧的一心去報復，結果惹出一連串的麻煩。

孫守義希望金達能夠擋得住曲志霞發起的這波挑戰，那樣他就無需要衝在前面了。

曲志霞從孫守義辦公室出來，就去市委那邊，她想去跟金達好好談一談。

到了金達辦公室，金達正在接待客人，就讓她在外面等一會兒。曲志霞就轉身去了于捷副書記的辦公室。

于捷看到曲志霞，打招呼說：「學習結束啦？」

曲志霞點點頭說：「這次算結束了。」

于捷笑說：「你一回來就來找我，有什麼重要的事啊？」

曲志霞說：「沒什麼，我是來見金達書記的，想跟他談談傅華的事，他剛好有客人，我就過來了。」

「傅華的事？傅華的事還有什麼好談的啊？」于捷有點困惑看著曲志霞問道。

曲志霞說：「當然有好談的了，我想跟金書記談讓傅華復職的事。我覺得金書記很不公正，有點過於草率了。」

「你要幫傅華復職，為什麼啊？」于捷還是一頭霧水。

曲志霞看了于捷一眼，心說這傢伙難怪會被金達和孫守義壓得死死的，他確實是缺乏政治上的敏感性。

曲志霞說：「為什麼，很簡單，我覺得金書記免去傅華職務的決定存在很大的錯誤，我想建議他及時糾正這個錯誤。」

于捷不禁看了看曲志霞，說：「你想挑戰金達的權威？」

曲志霞說：「難道金達不可以被質疑嗎？」

于捷笑說：「可以啊，不過金達現在可是掌控著海川市，你如果沒什麼有力的理由，質疑也是白質疑的。」

曲志霞不以為然地搖頭說：「于副書記，你這種想法可不對，怎麼會質疑也是白質疑呢？金達掌控海川市局面又怎麼樣，難道他敢把黑的說成白的嗎？我們如果都不去質疑金達的錯誤，這豈不是讓海川市成為金達自己的私宅了嗎？那他豈不是更得意？」

于捷聽了說：「話是這麼說，但是有用嗎？金達應該不會對此有什麼反應的。」

曲志霞說：「金達還不至於那麼強大，這次金達確實是犯了錯，這給了我們攻擊他的機會。于副書記，我一定要跟金達提出來讓傅華復職，到時候你可要支持我啊。」

于捷為難地說：「可是我當初是投票支持將傅華免職的，似乎沒什麼立場去支持傅華復職。」

曲志霞說：「難道你就不能知錯悔改嗎？這次如果沒有你的支持，我可是孤木難支的。」

于捷遲疑了起來，心中權衡這麼做的利弊，想想也沒太大的壞處，反倒是如果曲志霞挑戰成功，金達就會被整得很狼狽，這可是他很樂見的。

于捷就笑笑說：「行，那我就陪你跟金達玩上一把吧。不過有件事你可要注意啊，金達現在的身體很成問題，你要小心不要栽到他的陷阱裏去。」

曲志霞問：「他的中風不是治療好了嗎？」

于捷笑說：「中風哪有這麼快就治好的啊，等一下你看到他，就會知道他的中風究竟被治療到什麼狀況了。」

曲志霞嘟囔著說：「沒治好就出來工作幹什麼啊？」

于捷語帶諷刺地說：「人家可是為了爭取進步的。據說孟副省長快要請退，常務副省長的位置要空出來了，你說這時候金達敢病嗎？病了不就沒有上去的機會了？」

曲志霞笑了起來，說：「這倒是啊，這個敏感的時刻金達還真是不敢生病啊。」

就在這時，金達的秘書過來請曲志霞去見金達。

一看到金達的樣子，曲志霞大吃一驚，金達的嘴巴明顯往一邊歪著，讓原本白淨秀氣的臉顯出幾分猙獰的感覺。

金達看到曲志霞錯愕的表情，自嘲地說：「我現在的模樣很難看吧？」

曲志霞老實地說：「是很難看啊，您為什麼不多治療點時間，把病徹底治好了再來上班啊？」

金達嘆說：「工作太忙了，哪有時間治療啊。你來找我有什麼事啊？」

曲志霞小心地說：「我是想跟您談一談傅華的事，傅華被免職已經有一段時間了，不知道您對他下一步的工作作何打算啊？」

金達看了看曲志霞，說：「你這是什麼意思啊？對他的工作安排市委自然會考慮的，你就不用操這份心了。」

曲志霞反問道：「我也是市委班子中的一員，駐京辦這塊又是我分管的，我為什麼不能操這份心啊？我覺得傅華同志在駐京辦主任任職期間，工作兢兢業業，認真負責，也做出了很大的成績，市委僅僅因為一件與他關係不大的錯誤就免掉他的職務，處罰過重，很不公平，所以我建議市委讓傅華同志復職。」

「不可能的，」金達嚷道：「傅華被免職是海川市市委做出的決定，豈能輕易更改？」

曲志霞力爭說：「集體作出的決定，也可以集體來改變，這並不成為問題。關鍵是對傅華的處置根本就是錯誤的，必須加以糾正。」

「胡說，誰說傅華免職是錯誤的？」金達生氣地叫道：「這個處罰是恰當而且必要的，我不認為還需要加以糾正；而且對傅華的免職決定已經昭告天下了，如果現在將他復職，一定會被全天下的人恥笑和質疑的。」

曲志霞卻仍不放過，說：「我沒有胡說。你去問一下基層的工作人員，有幾個會覺得這次傅華遭受的懲罰是應該的？金書記，你在做這件事的時候，也該為基層工作人員想想，他們看到市裏這麼對待一個勤懇工作的幹部，他們會寒心的。」

金達斥責說：「胡說八道，處分傅華是整頓工作作風的舉措之一，有利於幹部基層隊伍建設的。好了，我的身體不好，有些累了，不想再跟你談論下去了，你請離開吧。」

曲志霞沒想到金達居然藉身體不好拒絕再談下去，這傢伙還真是會找理由啊。

曲志霞據理力爭地說：「金書記，你不要以為事情就這麼完了，沒那麼容易。你應該知道我的個性，不達目的我是絕對不會甘休的。您這裏不行的話，我會向省裏反映的。」

金達的歪嘴抽搐了一下，顯然曲志霞說的話觸動了他的敏感神經。最近省領導對他的態度很冷淡，鄧子峰就不用說了，連一向愛護他的呂紀都對他不太搭理。現在金達在省裏沒有了奧援，對省裏的事就不得不謹慎一點了。

他知道包括鄧子峰和呂紀對他這麼處置傅華很不滿，而省裏一直沒有人過問這件事，是因為這件事的苦主傅華並沒有四處告他，省裏的領導們就是想為他翻案也無從插手。現在曲志霞卻說要向省領導反映這件事，這等於是替傅華發聲，形勢就很不妙了。

如果曲志霞把這件事鬧到省裏去，首先鄧子峰就是傾向於傅華的，呂紀也跟金達表明了維護傅華的態度，因此肯定也會站在傅華那一邊。這必然會導致一個必然的結果，那就是省裏會推翻海川市委所做的決定，那他這個市委書記的威信就會被踩到腳上了。

金達當然不想看到這個結果，要避免這個結果的發生，唯一的途徑就是讓曲志霞不要向上反映，可是金達想了想後，覺得還是等等再說吧，看曲志霞有什麼進一步舉動他再來應對。

這就是金達性格最大的缺陷，做事猶豫不決，本來他已經預料到這件事情發展的方向對他很不利，卻不能當機立斷，反而心存僥倖，也讓他錯失了自救的機會。

過了一天，海川市市委常委會在市委的小會議室舉行，金達主持了會議。

這一次常委會，金達並沒有把決定新的駐京辦主任人選列入議程，他擔心曲志霞會借此在會上向他發難；加上他還不想把傅華趕入絕路，所以選擇回避了這個問題。

會議按照預期的議程進展得很順利，結果也讓金達很滿意，他認為可以收尾了，就掃視了一下各個常委，笑笑說：「大家還有別的事需要討論的嗎？沒有的話散會。」

這句話其實是代表了會議就要結束的意思，因此金達說完這句話之後，就開始收拾東西準備要離開，在他心中，這次會議算是劃上句號了。

但恰在這時，一個突兀的聲音跑出來，曲志霞突然說：「金書記，我有件事想提出來讓大家討論一下。」

金達聞言臉色一變，這女人還是在抓著傅華被免職的事做文章啊。不過也沒有什麼好怕的，兵來將擋，水來土掩，金達就不相信曲志霞還能再興起什麼風浪來。有孫守義支持他，他很有信心能控制住會議的場面。

於是金達笑笑地看著曲志霞說：「志霞同志有什麼事就請說吧。」

果然，曲志霞說道：「我想提出來討論的是原駐京辦主任傅華的工作安排，傅華同志的職務被免除已經有些日子了，先不論他被免職的理由是否正當，我們是否該給他做出一個安排？」

「是啊，金書記，」于捷接著曲志霞的話說道：「當初您提議要從重處分傅華，我就覺得有些不太妥當，不過考慮到您說您那麼做是為了避免對海川市的聲譽產生不良影響，就勉強同意了。但實際上我也覺得傅華同志有些被冤枉了，責任不應該他一個人擔。現在這件事輿論已經平息了，媒體也不再關注，我認為該給傅華同志恢復工作了。」

曲志霞附議道：「是啊，我贊同于捷同志的意見。我覺得傅華同志做了代罪羔羊，既然事情已經過去了，我認為該讓傅華同志恢復原來的職務。」

金達看曲志霞跟于捷一唱一和的，明白兩人一定是商量過了，暗自冷笑一聲，就算你們兩個聯手又能怎樣？難道我會讓你們翻了天嗎？

金達就正色說：「于捷同志、志霞同志，我覺得你們是故意回避了問題的重點，重點是傅華同志出入了娛樂場所，還在娛樂場所跟人鬥毆，造成了極為惡劣的影響，免除他的職務也是為了消除這種影響。雖然有點矯枉過正，但是在那種輿論譁然的前提下，市委作出免職的決定也很正常啊。」

曲志霞不同意地說：「金書記，我覺得您才是回避了問題的重點，傅華同志我想在座的常委大多瞭解他，他絕非是那種私生活不檢點的人。傅華同志出入娛樂場所是因為北京考察團的投資商提出來要去的，這難道是傅華同志可以拒絕的嗎？孫市長，您說句公道話，您認為在這個狀況下，傅華同志拒絕的話會是一個什麼樣的結果啊？」

孫守義對曲志霞突然把焦點轉移到他身上很是不滿，他想刻意回避這件事，但是曲志霞卻故意把矛頭對準他，讓他不得不有所表態。

孫守義注意到金達的雙眼正注視著他，知道這時候他必須要選擇跟金達站在一邊，只好說：「這個問題嘛，我們在注重經濟利益的同時，也不能忽視社會責任不是嗎？」

于捷看了孫守義一眼，打槍說：「市長，您的意思是不是說我們做招商的工作人員一定要嚴格要求自己，不能為了經濟利益無視社會責任，對來考察的投資商要去娛樂場所的要求一定要加以拒絕，是嗎？」

孫守義暗罵于捷故意跟他使壞，不想讓他含糊帶過，孫守義只好點點頭說：「我就是這個意思。」

于捷有些諷刺地說：「既然是這樣，那以後市委市政府是不是出個明文規定什麼的，明確說招商的工作人員在接待客商的時候，不能有任何出入娛樂場所的行為啊？這樣也讓他們有個行為準則，避免不明不白的就掉進陷阱，然後就被免職了。」

于捷的話是帶有陷阱的，如果真的定下這個規定，那就綁死了工作人員的手腳。作為接待的工作人員，如果不能跟客商打成一片，又怎麼能引來投資呢？反過來，如果孫守義說不能做這樣的規定，那就代表傅華的行為並沒有什麼過錯，對傅華的免職處分就是不公正的了。

這種兩難的境地讓一向口才便給的孫守義也無法自圓其說了，把目光轉向金達，心說這些事都是你惹出來的，你想辦法收場吧。

金達看到孫守義求救的眼神，冷笑了一聲，心說你們這點小伎倆就想玩過我？做夢吧！

「好了，我接下來還有一個會議要參加，已經沒有時間了，關於要不要出這個規定的事，以後再探討吧，散會。」說完，站起來拿著東西就徑直的離開了會議室。

孫守義看金達宣布散會，心裏鬆了口氣，如果再討論下去，他和金達肯定會很難堪。孫守義便跟著金達也快步走出了會議室。

于捷看了看曲志霞，說：「我們也走吧，人家根本就不給我們機會討論這個問題。」

曲志霞開玩笑說：「是啊，再坐下去也沒人請客吃飯的。」

出了會議室，于捷對曲志霞說：「現在金達和孫守義在海川擁有主宰地位，我們再怎麼反對，也左右不了局勢，到最後還是做了無用功。」

曲志霞卻說：「這怎麼是無用功呢，我們剛剛做的，已經種下了質疑金達和孫守義的種子，這個種子很快就會發芽壯大，從而發揮作用的。」

于捷質疑說：「真的會起這麼大的作用嗎？」

曲志霞笑笑說：「正所謂風起於青萍之末，你等著看吧，好戲慢慢就會上演的。」

在曲志霞的想法，常委會發生的事一定會很快傳開，她在會議上扮演了一個維護正義的角色，這會讓她贏得很多基層幹部的心。而這件事也必然會傳到傅華的耳朵裏，如果傅華懂得做人的話，一定會主動跟她聯絡，探討一起對付金達的辦法；就算傅華不跟她聯絡，起碼會對她有好感，她也算是籠絡了人心。

最主要的一點，在這次常委會上，她強勢發出了反對金達的聲音，豎起了一面反對金達的大旗，那些對金達有所不滿的人看到這個情形，一定會聚攏在她的身邊的。

果然如曲志霞所料，上午才開的常委會，下午傅華午睡醒來，就接到了丁益的電話，丁益在電話裏告訴他曲志霞提出要讓他復職的事，以及孫守義和金達等人各自的態度。

傅華聽完很納悶，不明白為什麼挺身而出的會是曲志霞。他跟曲志霞並沒有什麼交情，以前曲志霞對他還有些看法，現在轉而幫他；反而他一向視為是朋友的孫守義卻在背後捅了他一刀，再度跟金達站在一邊，兩相比較，傅華更覺受傷了。

這種一再背叛激起了傅華心中的怒火，趕忙問：「丁益，我讓你查孫守義的事，你究竟查得如何了?怎麼這麼久都沒進展啊？」

丁益苦笑了一下，說：「傅哥，我一直在查呢，不過孫守義很小心，找不到什麼漏洞。」

傅華說：「那三十萬呢？」

丁益說：「那三十萬我也查了，錢進了一家公司，然後就沒下文了。想來是孫守義把錢在那家公司過手一下然後套現，所以無法追蹤到錢最終用到哪裡去了。」

這個孫守義真夠狡猾，他早想到這三十萬可能給他帶來麻煩，所以事先就做好防範。不過，這也讓傅華越發相信孫守義一定有什麼見不得人的事，要不是心中有鬼，又何必做這麼多的掩飾工作呢？

傅華便說：「丁益，我相信孫守義一定有事，你給我盯緊一點，我就不信找不出他的馬腳來。」

丁益答應說：「行啊，我會找人盯緊他的。」

晚上，孫守義回到住處已經快十點鐘，他看了冷清的房間一眼，心中有些煩躁，渴望著女人的慰藉。

從金達拿他跟劉麗華的事情要脅他之後，他就不敢去劉麗華那裏幽會，擔心被金達抓個正著。不過過了一段時間之後，一切都很平靜，孫守義的警惕性就慢慢放鬆了下來，又開始躁動起來。

孫守義看看窗外，已經夜深人靜，除了偶爾經過的車輪摩擦馬路的聲音，一片安靜。這時估計沒有人會注意他的動向了吧？

孫守義在房間內轉了幾個圈，終於還是按捺不住欲望，簡單的喬裝打扮了一番，就出門攔了輛計程車，直奔劉麗華家而去。

到了劉麗華家，孫守義用劉麗華給他的鑰匙開了門，劉麗華還沒有睡，正穿著睡衣蜷在沙發上看電視呢。

看到孫守義來，她立即從沙發上跳了起來，跑過去抱住孫守義，一邊嬌嗔道：「你還知道來啊！我還以為你有了新歡呢。」

孫守義笑說：「瞎說什麼啊，我最近事情比較多，忙得暈頭轉向的，所以才沒有過來。」

時隔許久，再次抱住劉麗華，一種令人迷醉的芬芳氣息直衝孫守義的鼻腔中，他忍不住去輕吻著劉麗華白皙的脖頸，劉麗華的身子開始在孫守義的懷裏扭動了起來。

孫守義扯開劉麗華睡衣的帶子，劉麗華也撕扯著孫守義身上的衣服，很快兩人間就再也沒有絲毫的障礙，隨即融合在一起……

潮汐平靜下來後，孫守義將劉麗華擁在懷裏，問說：「你這個科長幹得還習慣嗎？」孫守義幫劉麗華如願爭取到了那個科長位置。

劉麗華在孫守義的嘴唇上吻了一下，說：「我現在還是不太習慣，突然一下子成了別人的領導，科裏面的人都來巴結我，我感覺飄飄忽忽的好像在夢中一樣。謝謝你守義，我真是太高興了。」

孫守義提醒她說：「你也不要太得意忘形，多跟同事搞好關係。作一個上位者，要儘量表現謙虛，千萬不要看不起比你職位低的同事，要知道他們如果跟你搗起亂來，你會很麻煩的。」

劉麗華笑笑說：「你放心，我有分寸的，我不會給你丟臉。」

第十二章

神機妙算

曲志霞看手機顯示的來電號碼是傳華的，暗自笑了一下，
傳華打電話來一定是因為昨天常委會上她提出讓他復職的事，
事態的發展完全按照她預期的進行，
曲志霞暗自為自己的神機妙算得意了一下，
然後按下了拒接的按鍵。

經過一夜的思考，傅華覺得應該打個電話給曲志霞表示一下謝意，不管曲志霞是出於什麼目的，她提出讓他復職總是在幫他，人情世故上也應該感謝一下的。

看看時間，已經九點多了，這段時間，他變得懶散了許多，往常這個時候他已經在辦公室工作一陣子了，現在他卻還沒起床呢。

傅華爬起來，簡單的洗漱一番，照例鄭莉早已出門了。保姆幫他把早餐端了上來，保姆經過傅華身邊的時候，傅華嗅到一股熟悉的香水味道，這是鄭莉常用的那款香奈兒五號。

傅華懷疑保姆在偷用鄭莉的香水，看了保姆一眼，這個保姆到他們家來工作還算令人滿意，把傅瑾也照顧得很好，於是傅華想了想還是忍了下來，沒說什麼。

保姆似乎看出傅華想說什麼，就笑了一下，說：「傅先生，您聞到我噴的香水了嗎？這是您夫人送給我的生日禮物。您夫人真是太客氣了，還送這麼貴的生日禮物給我，我真是很感謝她。」

傅華感謝地說：「你把傅瑾照顧得那麼好，她送你點生日禮物也是應該的。」

保姆說：「我總覺得很不好意思。您覺得我噴上這香水好聞嗎？」

保姆這麼問，讓傅華有些尷尬，這似乎不應該是保姆去問男主人的問題，感覺藏著一絲挑逗的意味。但傅華想也許是自己多心了，就說：「好聞是好聞，不過你噴的有點多了，味道就有點濃。」

保姆臉紅了一下，說：「我還是第一次噴香水，不知道該怎麼用，就隨便的往身上噴了。」

傅華笑笑說：「你應該在耳後、腋下、手腕的地方輕輕噴一些，然後香氣就會散發出來了。」

保姆高興地說：「原來是這樣啊，傅先生，您好有學問啊，連怎麼噴香水都知道。下次我就知道該怎麼用了。謝謝您啦。」

傅華心說自己可真是有夠無聊的，居然閒到跟保姆討論香水怎麼噴的地步了。跟曲志霞交流一下，也許能加快他復職的步伐。

傅華不再跟保姆閒扯，匆忙的吃完早餐就進了書房，看看差不多十點了，就撥通了曲志霞的電話。

曲志霞看手機顯示的來電號碼是傅華的，暗自笑了一下，傅華打電話來一定是因為昨天常委會上她提出讓他復職的事，事態的發展完全按照她預期的進行，曲志霞暗自為自己的神機妙算得意了一下，然後按下了拒接的按鍵。

曲志霞這是一種強勢的姿態，想讓傅華知道她才是領導者，握有主動權，她可以提出讓他復職的建議，也可以拒接他的電話，什麼事都要按照她的安排進行才行。

曲志霞覺得對待傅華這種有能力的下屬，首先就是要讓他知道分寸，讓他知道誰是主宰。明確了這一點，他才會知道什麼事能做，什麼事不能做。

金達和傅華之所以鬧得那麼不愉快，最主要的就是金達模糊了跟傅華上下級之間的界限，搞得兩人說朋友不是朋友，說是上下級關係又不是上下級關係。

這種狀況如果換成一個胸襟寬廣的領導也沒什麼問題，但是偏偏金達的度量狹小，模糊了這個界限，又因為傅華超過界限而懷恨在心，導致兩人現在這種決裂的地步。

傅華聽到對方拒接他的電話，雖然知道曲志霞工作很忙，也許是此刻不方便接電話，不過心裏還是有些彆扭。

傅華放下手機，隨意在書櫃裏抓了一本書來看，相信過一會兒她就會回覆的。他覺得曲志霞不會無緣無故就提出讓他復職，肯定有她的政治精算，既然這樣，就等曲志霞打電話來了。

等了十幾分鐘，曲志霞看了看手機，按說傅華應該再打個電話過來才對，但是他沒打來，就是等著她打電話過去了。

曲志霞嘴角浮起一絲冷笑，傅華，你夠狂的，想求我辦事還要我打電話給你，想得美！

這是一個心理較勁的交手戰，雙方都在看對方會不會先打電話過來。誰先打電話，就代表著誰先示弱了，現在就看誰更能沉得住氣。

曲志霞自認她是那個能沉住氣的人，她提出讓傅華復職這件事，不過是想借此攪亂海川政局，挑戰金達和孫守義的權威，在政壇上發出自己的聲音罷了。現在這幾個目的都達到了，對她來說，跟傅華的溝通就不是那麼重要了，也沒什麼急迫性，所以打不打這個電話她無所謂。於是曲志霞開始忙起她的工作，傅華的電話就被她擱置到一邊去了。

一直等到吃午飯，傅華也沒等來曲志霞的電話，心裏就有點鬱悶，搞不清楚曲志霞是忙到沒時間回電話，還是故意不回的。傅華仔細分析了一下，覺得曲志霞是故意的可能性比較大，因為就算再忙，打個電話的時間還是能夠抽得出來啊。

這讓傅華不知道該怎麼辦，如果他這時候主動打過去，就意味著他對曲志霞低頭了；可是如果不打，曲志霞估計也不會再打電話過來。畢竟復職是他的事，曲志霞沒有必要向他低頭。

想了一會兒，看來這個電話他恐怕非打不可了，而且還不能拖太久再打，否則曲志霞會對他有看法的。

不過他不太情願低這個頭。正好保姆進來叫他吃飯，他就把手機放了下來，去了餐廳。

保姆親熱地說：「傅先生，我剛才照您說的那樣重新噴了香水，你聞聞是不是感覺好多了？」還把臉往傅華身邊湊，要他聞的姿勢。

傅華沒想到自己多嘴了幾句，竟讓保姆這麼上心，越發感覺自己老是待在家中有些不太合適，還是該避嫌一下比較好。

傅華便笑了一下，說：「確實好多了。」

吃過午飯，傅華回臥室小憩了一下，醒來後就趕忙打電話給曲志霞。

曲志霞看到手機顯示傅華的號碼，忍不住笑了起來，看來傅華還是沉不住氣了。不過她對傅華拖這麼久才打來心裏有點不滿，表示他是不情願才打的；既然這樣，索性就再折磨他一下，殺殺他的銳氣，於是曲志霞再次按下了拒接鍵。

傅華聽到電話裏再次傳來對方不方便接聽電話的語音，苦笑了一下，心說：想不到我傅華居然掉價到這個程度，已經低聲下氣給人家打兩次電話，夠委屈的了，可是人家卻連接都不肯接。

這女人在搞什麼啊，是要折磨他嗎？傅華心中很氣憤，卻又無可奈何。

正在傅華猶豫是不是再打電話給曲志霞還是乾脆放棄算了時，手機響了起來，卻是丁益。

「丁益，什麼事啊？」

丁益興奮地說：「傅哥，告訴你一個好消息，我找到孫守義的情人了。」

傅華大喜，趕忙問道：「誰啊？」

丁益說：「應該是一個叫劉麗華的，這個女人原來在市政府工作，後來去了城建局，現在在城建局做科長。」

傅華不禁埋怨說：「什麼叫應該是啊？這麼說你還不確定？」

丁益說：「你不知道孫守義很小心，昨晚很晚了我的人才發現他偷著離開住處，搭計程車去了市郊的一處社區，然後凌晨才離開。想來孫守義的情人就住在這裏，但我不可能讓人衝進去捉姦吧？於是我就讓他們查了社區的住戶名單，發現唯一能夠跟孫守義扯上關係的人就是這個劉麗華，劉麗華買這個房子的首付款正是三十萬。之前還有傳言說這個女人跟金達有一腿，她去城建局還是金達出的面。」

原來丁益看一直查不出孫守義什麼事來，只好讓手下人用最笨的辦法，二十四小時緊迫盯人，這才發現了孫守義的秘密。

傅華聽到這裏，就把事情都串了起來，誠然是金達出面安排劉麗華調職的，但是背後很可能是為了孫守義，甚至是金達知道了兩人的曖昧，為了保護孫守義，才把劉麗華調開的。金達因此握住了孫守義的把柄，並利用這個脅迫孫守義同意免他的職。

傅華暗罵：孫守義你個王八蛋，你養情人的這三十萬還是我借給你的，你不但不報恩，還轉過頭來出賣我，真不是個東西。

他很想馬上打電話跟孫守義討回這三十萬才解恨，不過隨即他就冷靜下來，這樣做不過是一時意氣罷了，解恨是解恨了，卻傷害不到孫守義什麼。

三十萬對一個市長來說，不過是張張嘴就能辦到的事，孫守義現在跟束濤和孟森走得那麼近，從他們那裏拿個三十萬還不是輕而易舉的事?!他這麼做還會讓孫守義有所警覺，如果孫守義想辦法處理掉他跟劉麗華來往的痕跡，那丁益辛苦查來的這條線索就等於是報廢了。

不能這樣做，小不忍則亂大謀，因此當丁益問他這件事要怎麼處理的時候，傅華想了想說：「我們現在只是猜測，拿不出什麼證據來，就先放一放，看情況再說吧。還有，丁益，你該知道這件事的敏感性，所以讓你的人一定要注意保密，千萬不要去外面瞎說。」

要讓這件事發揮最大的效用，必須要擇機而動才行，傅華要跟孫守義玩一個養成遊戲，讓孫守義覺得他和劉麗華的事別人並不知道，讓兩人關係繼續發展下去，然後在恰當的時機把這件事揭露出來，給孫守義致命的一擊。

丁益點了點頭說：「傅哥，這個不用你吩咐，我也知道得罪一個市長的嚴重性。」

傅華知道丁益為了幫他，擔了很大的風險，感激地說：「丁益，真的很謝謝你，你這份情我記下了。」

丁益笑笑說：「傅哥你這話就見外了，真論起來，我們天和欠你的更多，所以你不要再說這種話了。好了，我掛啦。」

丁益收了線，傅華知道了孫守義和劉麗華的事，心情一下子變好了很多，也就不再去想曲志霞給他帶來的鬱悶了；既然你要擺架子就讓你擺好了，我不陪你玩了還不行嗎?!

就當傅華決定放棄跟曲志霞溝通的時候，他的電話再次響了起來，這次打來的是曲志霞。

傅華很想也像曲志霞一樣直接按拒聽鍵，不接這個電話，但那樣子似乎太小雞肚腸了一點。不管怎麼說這次是曲志霞主動打來的，也算是給了傅華面子，於是他還是接了起來。

「傅主任，我剛才實在是太忙了，正好有些重要的事情要處理，所以就沒接你的電話，真是抱歉啊。」曲志霞的聲音傳了出來。

曲志霞會主動打來，是她覺得如果再堅持下去的話，可能會惹惱傅華，那可與她的本意不符了，反正該折騰傅華的都已經折騰了，也是時候回過頭來安撫他一下了。

曲志霞這麼說讓傅華不好再計較什麼，就笑笑說：「您千萬不要這麼說，這怎麼能怪您呢，是我打電話的時機不對才是。」

曲志霞回說：「不要這麼說，不是你打電話的時機不對，是我湊巧有事。你找我什麼事啊？」

傅華說：「我想謝謝您，聽說您在常委會上提議讓我復職啊。」

曲志霞客套地說：「不要跟我說謝謝，我之所以提議讓你復職，是因為我覺得金書記和孫市長處理這件事很不公平，不平則鳴嘛。不過最後這件事被金書記給擱置了，實際上我也沒幫到你什麼，所以你根本就沒必要謝我的。」

傅華笑笑說：「還是應該感謝您，我現在這種狀況您肯出手幫我，就是一個很大的人情了，現在這個社會可是錦上添花的多，雪中送炭的少啊。」

傅華這個表態，曲志霞很滿意，這達到了她的期待目標，就說：「傅主任，我們不要說這些客套話了，我這個人很務實，我們還是來談談下一步該怎麼辦吧。你下一步有什麼打算啊？」

傅華自然不能告訴曲志霞他正著手狙擊金達的上位，就說：「我現在還能有什麼打算啊，我是被免職的人，只能等上面的安排了。」

曲志霞憤憤地說：「你這麼想是不是太消極了啊？怎麼能夠在家坐等

呢？你應該主動站出來為自己爭取權益的。我可跟你說，這件事我既然提了出來，不有個結果來我是誓不甘休的，金書記現在是想用拖延戰術，這我絕對不允許。如果金書記不肯還你一個公道，我會去省裏找呂書記和鄧省長反映這個情況的。」

傅華從曲志霞的語氣中，感覺到這個女人有非把這件事辦成的那股勁頭，他彷彿有點明白曲志霞為什麼要這麼做了，這個女人真正的目的並不是幫他復職，而是想借這個機會打擊金達和孫守義的。

傅華多少聽聞了曲志霞跟金達、孫守義間的矛盾，有句話說，敵人的敵人就是朋友，既然曲志霞伸來結盟的橄欖枝，傅華自然沒有理由拒絕。便說：「那您希望我做什麼？」

曲志霞笑笑說：「不是我希望你做什麼，怎麼說這都是你的事，不能光我出面幫你說話啊，你自己也得有個態度吧？比方向市紀委提出申訴。你受到了不公平的處分，是可以向相關部門申訴的，我記得你的處分決定發下來還沒超過三十天，還在申訴期。」

傅華遲疑地說：「您的意思是讓我循正常管道來解決這件事？可是我感覺市紀委改變這個決定的可能性不大啊。」

曲志霞說：「有時候你要相信我們的組織，組織不會讓任何人為所欲為的，就算是海川市紀委做出的裁決不能讓你滿意，不是還有省紀委嗎？你可以繼續向省紀委申訴，那時這件事就超出了海川市控制的範圍，金書記和孫市長再想左右申訴的結果，可能性就不大了。我再在省裏幫你找找呂書記和鄧省長，你也可以找找你的老領導曲秘書長，相互配合一下，一定能夠撤銷對你的免職決定的。」

原本傅華也想過要用申訴的方式，但是那時候他擔心向上面申訴會讓輿論把關注目光轉向徐琛、胡東強身上；再是這是海川市市委常委會通過的，省裏不得不顧慮到海川市領導班子的面子，很難為了他一個人去打擊整個領導班子。

鄧子峰、曲煒這些人他倒是可以找他們幫自己說話，但是這些人現在為了保住各自在政壇上的地位，正忙於跟對手角力，根本無暇顧及他的事。傅華也擔心讓這些人參與進來，他會成為這些人角力的一個砝碼。

綜合這幾方面的因素，申訴的方式就被傅華擱置了下來。讓他一個人面對整個市委領導班子，總是勢單力孤的。

但是曲志霞加入了這個戰局，敵我的力量對比就有了很大的變化，曲志霞是海川市委常委，也是領導班子中的一員，她出來反對這個決定，可以讓省裏看到海川市領導班子在這件事上存在著分歧，曲煒和鄧子峰也就有了插手處理這件事的理由。

所以不管曲志霞是為什麼幫他，曲志霞又能從這件事中獲取什麼好處，傅華都覺得這對他是有利的，既然如此，那他就好好的跟曲志霞配合一下吧。

傅華便說：「曲副市長，我明白我該做什麼了，我馬上就向海川市紀委提出申訴。」

曲志霞笑笑說：「那就儘快吧。」

曲志霞嘴角浮起一絲冷笑，她相信只要傅華提起申訴，一個難題就會放在金達和孫守義的面前。如果他們讓紀委維持原來的免職決定，那傅華就有理由把這件事鬧到省裏去了；不出意外的話，省裏一定會撤銷這個決定的。如果金達和孫守義知趣，主動撤銷對傅華的免職決定，那這兩人等於是打了自己的臉，他們的威信一定會受到極大的損害，而她又能賺到傅華對她的感激，可謂一舉數得。

傅華結束跟曲志霞的通話後，就搞出了一份申訴書，理由是海川市紀委並沒有對他進行深入調查，只根據片面的理由就免掉他的職務，顯然是錯的，也很不公平。

搞好申訴書後，傅華在第二天一早就把申訴書傳真給海川市紀委。為了防止市紀委隱匿這份申訴書，他又打給海川市紀委書記陳昌榮。

「陳書記，我的申訴書紀委收到了沒啊？」傅華問。

陳昌榮有點尷尬地說：「傅主任，你這麼做可是有點為難我了，你也知道這個決定是常委會通過的，紀委只不過是執行命令而已。你不會是讓我去糾正金達書記的決定吧？」

傅華說：「陳書記，我也不想讓您為難，不過您也得體諒我一下，我現在連工作都沒了，總得為自己爭取一下吧。您也別為難，您把事情報告給金達，讓他來決定。你們的決定如果無法令我心服，我會向上級紀委申訴，反正我現在有大把的時間，可以陪著你們慢慢的申訴下去。」

陳昌榮無奈道：「行，那我就跟金書記報告一下好了。」

陳昌榮就拿著申訴書找到了金達：「金書記，傅華同志對他被免職提出了申訴，這是申訴書，您看一下吧。」

「申訴？他有什麼理由申訴啊？做錯事還有理了?!」

金達接過了申訴書，簡單看了一遍，臉上的肌肉不由自主的抽搐了一下。他的嘴本來就是歪的，這一抽搐讓他顯得越發的難看，看在陳昌榮的眼中格外的詭異。

金達把申訴書扔在桌子上，看著陳昌榮說：「紀委這邊是什麼意思啊？」

陳昌榮心說：這都是你搞出來的，紀委能有什麼意思啊？如果紀委能有什麼意思，就會撤銷這個決定了。

但這些話陳昌榮不敢說出來，只好笑笑說：「我是想請示一下您，看這份申訴紀委該如何處理。」

金達不悅的說：「這還需要請示嗎？直接駁回他的申訴就可以了。」

陳昌榮遲疑地說：「金書記，您是不是再慎重的考慮一下啊？我看這次傅華同志可是有備而來，就算海川市紀委駁回了他的申訴，他也不會善罷甘休的，說不定會把這件事鬧到省裏去的。」

金達心說：我當然知道傅華是有備而來的，他這個動作根本就是和曲志霞相互呼應，這兩人一定私底下串通好的。不過，就算你們串通好了又能如何？我金達說不讓你復職，你就得給我老老實實地一邊待著去。鬧到省裏又怎樣啊？我就不相信省裏會為了你，把海川全體常委的臉都打了。

金達冷笑一聲說：「他要鬧到省裏就讓他鬧去吧，我就不相信省裏會支持他這種行為。」

看來金達這是要賭氣下去了，只好說：「好吧，那我們紀委就把這份申訴駁回吧。」

打完給陳昌榮的電話，傅華就離開家，去了馮葵那裏。

馮葵依舊是睡眼惺忪地來給他開門，看到他笑說：「我就知道是你，只有你才會這麼大清早的攪人美夢。」

傅華聽了說：「還早啊，都快十點了。」

馮葵看了傅華一眼，說：「你精神不錯嘛，是不是幹什麼壞事了啊？」

傅華笑罵道：「胡說八道什麼啊，我是那種幹壞事的人嗎？」

馮葵側開身子讓傅華進了門，關上門，笑說：「你老實跟我說，你又算計誰了？」

傅華把馮葵摟進懷裏，說：「沒什麼，也就是向海川市紀委遞交了申訴書，要求他們撤銷對我的免職決定。」

「申訴啊？」馮葵說著打了一個哈欠，眼睛迷離的說：「我好睏，你抱我去睡一會兒吧，等我睡醒了，再來聊這個申訴書的問題好嗎？」

傅華笑了一下，他很喜歡馮葵在他面前這麼隨性的樣子，好像她跟他已經相處了幾十年，彼此不分你我了一樣。

他把馮葵抱了起來，進了臥室，把她放在床上，馮葵拉著傅華說：「我要你陪我一起睡。」

傅華就躺在馮葵身旁，輕輕的將她攬進懷裏，這時馮葵已經睡了過去，發出了輕微的鼾聲。

這種氣氛太過於溫馨，讓傅華恍惚間也有了睡意，此刻他進入一種徹底放鬆的狀態，居然也睡了過去。

不知道睡了多久，傅華的手機突然響了起來，把傅華給驚醒了，看看馮葵還在熟睡，怕吵醒馮葵，趕忙摸出手機，按下了接聽鍵，然後低聲說：「誰啊？」

「我啊，高芸，你怎麼說話聲音這麼低啊？」高芸納悶的問道。

傅華自然不能說在陪馮葵睡覺，急中生智地說：「我在哄兒子睡覺呢，他剛剛睡著，我怕把他驚醒了。」

高芸的聲音也低了下來，說：「原來是這樣啊，你還真是一個模範父親啊。」

傅華心虛地說：「你找我有事啊？」

高芸笑笑說：「也沒什麼事，就是怕你在家太悶，想要約你出來吃頓飯罷了。」

這種狀況下傅華怎麼可能去陪高芸吃飯啊，就說：「今天恐怕不行啊，我走不開。」

高芸有些失望說：「那就明天吧，你繼續做你的模範父親吧。」

傅華不敢跟高芸多聊，趕忙答應說：「好，就明天，我掛電話了。」

傅華收起電話，閉上眼睛想繼續睡，忽然胳膊上一陣生痛，馮葵用力掐著他的胳膊，咬牙切齒的罵道：「你這個壞蛋挺享受的啊，懷裏抱著一個美女，還跟另外一個美女打情罵俏，這滋味很美吧？還說在哄兒子睡覺，我是你兒子嗎？」

傅華說：「原來你早就醒了啊，害我還擔心會吵醒你呢。」

「你的手機一響我就醒了，我裝睡就是想聽聽你跟高芸究竟有沒有一腿。話說人家還真是想著你啊，還怕你待在家太悶，要請你吃飯，嘖嘖，真是情深意切啊。老公，你趕緊把她收做小四好了，省得辜負了人家這番情意，也讓我這個做小三的好有個妹妹作伴啊。」馮葵說起風涼話來。

傅華笑罵道：「去，別老拿高芸跟我開這種玩笑。」

馮葵假作生氣地說：「你這什麼態度啊，這就護上了，還真是有了新歡就不要舊愛了。」

傅華笑說：「你這張嘴，還真的得把它堵上才行啊。」說著，就用嘴去堵住了馮葵的嘴，兩人立時熱吻起來，緊接著就展開了一場激烈的肉搏戰。

兩人剛睡醒，精神體力都是最佳的狀態，戰鬥十分激烈，殺得是昏天黑地、氣喘吁吁，最終由傅華豎了白旗，繳械投降了。

在衝上高峰的那一剎那，傅華只覺得他的靈魂已經離開了身體，直飄向天堂。這種快樂讓傅華有一種不真實的感覺，他很想抓住這種感覺，但是歡樂稍縱即逝，想抓住根本就是徒勞的。

傅華不禁黯然，馮葵給他的快樂，他在別的女人身上不是沒感受過，但是這種美好都沒法長久，帶給他這種美好的女人往往很快就離開了他。雖然鄭莉沒離開他，但現在他們早已沒有激情，有的只是一種習慣性的相守而已。

馮葵看傅華發著愣，推了他一下說：「你在想什麼呢？」

傅華笑了一下，這些情緒他無法跟馮葵敘述，他也不想去糾纏馮葵跟他能夠廝守多久，到了這個年紀，他已經明白很多事只能隨緣，緣分來了，城牆都擋不住；同樣的，緣分要走，任誰也擋不住。何況他們的身分與生活環境天差地別，馮葵出身名門豪族，而他不過是個連工作都沒有的小官僚，偏偏命運把他們湊在一起。與其去擔憂將來，還是儘量享受現在吧。

傅華掩飾說：「沒想什麼，有點恍神而已。」

馮葵說：「我看你是被免職這件事搞得有點神經質了。誒，你來的時候不是說你在向上申訴嗎？」

傅華說：「是啊，不過那只是個程序罷了，短時間內不會對我有什麼幫助的。」

馮葵不禁說道：「不過我看這件事卻讓你精神了很多，老公啊，也許你該找點事情做做，有事做你就不會再去想你那個破駐京辦了。」

傅華心說：我何嘗不想找點事做啊，我現在都閒到跟保姆聊香水要怎麼用了，但是我又能找什麼事來做呢？除了對付金達之外，我還真是找不到別的什麼事來了。

傅華嘆說：「小葵，我也想啊，不過我在官場上耗費的時光太多，搞得我似乎別的事都不會做了。」

馮葵鼓勵傅華說：「你是個大男人啊，為什麼就不能振作起來，重新開始呢？」

馮葵的強勢，讓傅華有些招架不住，說：「小葵，你這話是什麼意思啊，你這是在質問我嗎？」

馮葵看出傅華有些惱怒的意思，趕忙陪笑說：「不是了老公，人家這不是替你著急嘛。」

傅華說：「小葵，你不用替我著急，我不是跟你說過了嗎，駐京辦是我的心結所在，這個心結不打開，我就是換到別的行業去，也是做不好的。」

馮葵忍不住搖頭說：「你為什麼老是愛鑽牛角尖啊，算啦，不管你了。我們中午去什麼地方吃飯啊？誒，乾脆你打個電話給高芸，讓她請我們吃飯好了。」

傅華說：「你別吃這種乾醋了好不好？我跟高芸真的沒什麼。」

「你誤會了，」馮葵笑說：「你看不出來我這是在給你製造機會嗎？」

傅華忍不住笑罵道：「又在胡說了。趕緊想去哪裡吃飯，我現在真的餓了。」

兩人找了家五星級酒店吃牛排和海鮮，星級酒店的牛扒房菜色大致差不多，無非是澳洲和牛和法國牡蠣之類的，但是勝在食材品質很高，再是環境一流，所以馮葵選擇了在這裏吃午餐。

只是兩人訂位的時間太晚，沒有訂到包廂，只好坐在外面的散座裏吃了。

第十三章
十億富豪

傅華不禁愣了一下，眼前這個人衣著樸實無華，
也沒隨身帶個助理什麼的，就一個人，
背著一個普通到不能再普通的皮包，
說他是十億富豪，傅華還真是一點都不相信。
但是馮葵不會說謊，傅華不信也得信。

剛坐下不久，一位年紀五十歲左右的男人走進餐廳。男人看到馮葵，打著招呼說：「這麼巧啊，馮董。」

馮葵看到男人也笑了一下，說：「真巧啊，項董，什麼時間到北京的？」

被稱作項董的男人回說：「剛到。給我介紹一下你這位朋友吧。男朋友吧？」

馮葵似乎對這個男人很尊重，不敢在他面前放肆，很規矩的說：「不是，是一個關係不錯的朋友，可不是男朋友。說起來你們還是老鄉呢。」

「老鄉？」項董看著傅華說：「哪裡的老鄉啊，雲城的還是東海的？」

雲城市是東海的一個地級市，在海川的西南方，經濟狀況不錯，項董問是雲城的老鄉還是東海省的老鄉，明顯他是雲城市人了。

傅華便說：「原來項董是雲城市的，我是海川市。」

項董笑笑說：「原來是東海省的老鄉啊，我是項懷德，您怎麼稱呼？」

項董帶著自傲的口吻說出自己的名字，看來是個大人物，只是傅華印象當中，還真不知道項懷德這號人物。

傅華跟項懷德握了握手，說：「傅華，很榮幸跟項董認識。」

項懷德說：「我也很榮幸。誒，我好像在什麼地方聽說過你的名字啊。」

傅華笑笑說：「我們好像並沒有什麼交集，實話說，我還是第一次聽說項董的名字。」

馮葵在一旁說：「項董是很低調的人，平常很少在媒體上露面，除了雲城市，估計很少有人知道項董的名字，不過項董的身價應該可以在東海省排進前三甲的。」

聽馮葵這麼說，傅華不禁愣了一下，東海省前三甲的富豪身家最少也要上十億，眼前這個人衣著樸實無華，也沒隨身帶個助理什麼的，就一個人，背著一個普通到不能再普通的皮包，說他是十億富豪，傅華還真是一點都不相信。但是馮葵不會說謊，傅華不信也得信。

項懷德謙虛地說：「馮董，你就別幫我吹噓了，不知道的人聽到了會當真的。」

馮葵笑笑說：「我真是服了您，老是這麼謙遜。既然您也是來吃飯的，我們一起吧。這頓我請客，算是給您接風。」

項懷德看了看傅華，說：「不妨礙你們吧？」

傅華趕忙說：「怎麼會妨礙呢，我們也是偶然湊在一起吃飯，您加入會更熱鬧。」

項懷德笑笑說：「那就叨擾馮董一頓了，看來我今天運氣不錯，省了一頓飯錢了。話說這家扒房的牛排價格還真是瘋貴瘋貴的，我偶爾想解解饞才會來。」

「瘋貴瘋貴」是東海省土話，意思是價格特別昂貴。傅華聽項懷德這麼說，忍不住笑了一下，心說想不到馮葵的朋友也這麼有趣。

馮葵忍不住說：「好了項董，您又不是吃不起，再這個樣子，我可要罵您裝樣了。」

項懷德笑說：「吃倒是吃得起啦，不過想到在這裏隨便吃頓飯，就是我廠裏工人一個月的收入，我就有點肉痛。」

馮葵開玩笑說：「您這可是典型的小資思想啊，難怪很多朋友都說您摳門呢。」

項懷德不以為意地說：「我不摳門不行啊，我可比不了馮董，你是含著金湯匙出生的，我父母是小農，從小就教育我要勤儉持家，有點小產業也都是一點點省下來的。再說，一大堆人還指著我吃飯呢，我可不敢鋪張浪費，把企業給弄垮掉。」

傅華聽項懷德這麼說，忍不住看了他一眼，他也是見過富豪的人。通常成了富豪之後，很多人都會把架子擺得十足，前呼後擁的，生怕人家不知道他多有錢似的，很少見到像項懷德這樣謙虛樸實的。而且這個人很有責任感的樣子，似乎很關切下面工人的疾苦，讓傅華對這個人頗有好感。

馮葵笑笑說：「好了項董，您就不要對我進行勤儉教育了，看看吃點什麼。」

項懷德就開始點菜，他點菜倒是一點節儉的意思都沒有了，點的都是最貴的：法國貝隆銅蠔、澳洲九級和牛、龍蝦……

馮葵看項懷德點的都是最貴的菜，開玩笑說：「項董算盤打得真精，我請客你就這麼奢侈，倒是一點不為別人節省啊。」

項懷德笑說：「馮董可別誤會，我並不是因為你請客就故意點這麼貴的菜。而是我本來就要點這些菜的。到頂級的酒店裏，就是要享受頂級的美食，要是僅僅是為了吃生菜沙拉和麵包，那在街邊隨便找家西餐廳就可以解決的。」

項懷德的說法還挺有道理的，傅華不禁說道：「聽項董一席話真是勝讀十年書啊，今天真是受教了。」

馮葵笑了起來，說：「傅華，你別聽項董忽悠你，他這是為宰我一刀詭辯呢。」

聽到馮葵喊出傅華的名字，項懷德忽然叫道：「我想起你是誰了，我對您可是聞名已久啊，想不到今天在這裏見到你。」

項懷德這麼說倒把傅華給說愣了，他趕忙說：「我有這麼有名嗎？居然連項董都聽說過我的名字。」

連馮葵也有些驚訝的看著項懷德，說：「項董，您不會是跟他開玩笑的吧？」

項懷德笑笑說：「我是那種會開玩笑的人嗎？傅先生是海川市的駐京辦主任吧？」

傅華糾正說：「前主任了，剛被免職。」

項懷德詫異地說：「被免職？您這麼優秀的人才也會被免職，誰這麼愚蠢啊？那您現在有什麼打算嗎？要不然到我集團來吧，我正想在北京設立辦事處，您來給我做這個主任如何啊？薪水隨你開，保證讓你滿意。」

馮葵大感有趣的看著傅華說：「想不到你還這麼搶手啊，居然連項董都這麼看重你。」

傅華卻知道事情絕非想像中的那麼簡單，項懷德這麼急著想要他過去集團工作，一定有什麼原因，便說：「可能是項董某些方面正需要用到我吧，項董，您還是敞開了說吧，您想找我去你們集團做什麼？」

項懷德笑笑說：「您果然名不虛傳，馬上就看出來我是需要您幫我做什麼事。我也不瞞您，其實我之所以知道您，是因為您在東海省很有名氣，特別是在公司上市這方面，據我所知，您手中已經讓兩家公司上市了。」

馮葵聽了說：「原來您是想讓他幫你們集團上市啊，我說呢。誒，傅華，你真的幫兩家公司上市了嗎？」

賈昊現在被有關部門採取了強制措施，傅華在證監部門就沒有強有力的人脈了，項懷德想讓他幫忙運作公司上市，顯然是不可能的了，因而說：「我想項董對我有所誤會了，我是參與過兩家公司的上市過程，但是起關鍵作用的卻不是我，所以項董，您的錢我怕是賺不到了。」

項懷德看了傅華一眼，說：「您先別急著拒絕我，要什麼條件您儘管開，有話好商量嘛。你問馮董，就會知道我是那種出得起價錢的人。」

馮葵說：「是啊，傅華，我可以擔保項董可是有實力的人，你如果想要什麼儘管說，他會儘量讓你滿意的。」

傅華笑說：「項董，事情真的不像你想的那樣。跟您實話說吧，天和房產上市當時，我師兄賈昊正在證監會，那是我師兄的運作才有辦法，他現在身陷囹圄，就是想幫你也沒法幫啊。」

項懷德還是不死心的說：「那另一家山祥礦業呢？那家公司可是在香港上市的。」

傅華笑笑說：「那家公司玩的是借殼把戲，山祥礦業是透過德記證券操作的。不過項董，這個做法有點打擦邊球，而且這裏面的風險很高，奉勸您不要輕易嘗試。」

項懷德卻很感興趣地說：「風險高的事，利益也大啊。誒，跟我說說這個德紀證券吧。」

傅華就講了德記證券和董事長江宇的情況，項懷德聽完，說：「傅先生，你能不能幫我聯繫一下這個江先生啊，我想跟他談談我們集團借殼上市的問題。」

傅華猶豫了一下，說：「項董，我很長時間沒跟他聯絡，也許他已經忘記我了呢。」

項懷德說：「一個成功的商人是不會忘記他的朋友的，您放心，只要您跟他聯絡一下，他肯定就會想起您是誰了。」

馮葵在一旁幫腔說：「傅華，您就幫幫項董吧，不就是跟那個人聯繫一下嘛。我跟你說，項董這個人是值得幫的人。」

傅華語帶保留地說：「你不懂的，這裏面可不是認識一下那麼簡單，我也不知道我在江宇面前有沒有這麼大的面子。」

傅華跟江宇的往來還真的不多，這幾年基本斷了音訊，他還真不敢確定找到江宇，江宇就會搭理他。同時，這裏面牽涉到洗錢等很多違規或者打擦邊球的事，不是任何人找上門去，江宇就會答應幫忙運作的。

並且，傅華也剛剛認識這個項懷德，雖然他對項懷德頗有好感，但是對項懷德他並不熟悉，不知道這傢伙的根底。如果冒然引薦項懷德給江宇也很不妥當。

傅華想了想說：「項董為什麼不考慮從正規管道在國內上市呢？國內的上市法規放寬了很多，為什麼不從這方面下手，這也好過去香港冒那種風險。」

項懷德大發牢騷說：「我怎麼沒做過啊，我每年花費在這個上面的精力和財力都極大，但就是沒能打通證監會的大門。傅先生應該知道的吧，現在的經濟形勢，像我們這種民營企業根本就是後娘養的，國企幾近破產，重新擦胭抹粉一下，馬上就可以風光上市；我們效益再好，偏偏過不了證監會這一關，只能徒嘆奈何。」

傅華點點頭，認同地說：「不得不說證監會的確是強力護持國企，歧視民企的態勢。」

項懷德訴苦說：「我這次來北京，就是來見證監會的一個朋友，想通過他幫我們運作上市，但是溝通了半天之後，我還是得不到這個上市的機會，說我們是什麼夕陽產業，不是當前的熱門產業。真是混蛋，夕陽產業怎麼了，也沒有法律規定夕陽產業不能上市啊？法律規定只是要盈利三年，話說我們集團連續幾年都是盈利的，滿足上市的條件綽綽有餘，但是人家就是不給你上，你只能乾瞪眼。唉，我被這件事困住了，一籌莫展。」

傅華好奇地問：「項董做的是什麼行業啊？」

馮葵說：「項董開的是織布廠，規模很大的。」

織布廠在現在這個時代還真算是夕陽行業，景氣很差，很多家織布廠都在壓量減產，項懷德的織布廠就算規模再大，估計相關部門也不會支持他們上市的。

傅華看了看項懷德，說：「項董，我有點不太明白你在這時候上市的目的何在，目前國內很多家織布廠都在減產，甚至有的還關門歇業了，你這時候籌資，難道是想轉產？」

項懷德搖搖頭說：「我為什麼要轉產啊？我現在的經營狀況很好，盈利可觀，我上市籌資是為了擴大生產規模，可不是為了轉產。」

傅華不解地說：「擴大生產規模，我沒有聽錯吧？您在這行業這麼不景氣的時候還要擴大生產規模，是不是昏了頭了。」

項懷德笑說：「我清醒得很。傅先生，您要知道事情往往需要一分為二來看待的，誠然現在這一行很不景氣，在這個時候還要上規模，似乎是自尋死路，但相對的，這時候上規模才是成本最低的時候，花同樣的錢我能做的事情更多，這麼算一下賬，我反而是賺到了。」

傅華對項懷德的看法卻不敢苟同，說：「上規模的成本再低，行業景氣不好，你賺不到錢，最後不還是虧本嗎？」

項懷德說：「這一行不會總是景氣不好的。我分析過，景氣是有週期性的，我感覺這波低谷很快就要過去了，等市場轉好之時，我的規模已經上去了。傅先生可能也知道，任何一個行業當中，往往是老大通吃，做老大才能賺到大部分的利潤，我做到這行的老大，到那時候就是想不賺錢都難。」

不得不說，項懷德的思路很特別，想人之未想，另闢蹊徑，看似荒謬，但是仔細琢磨卻又令人覺得他的想法有合理的一面。而且他眼光看得很遠，已經看到景氣恢復後的發展，傅華越發覺得這個傢伙不簡單。

國內的企業家中，像這樣有戰略眼光的人真是很少見。想到這個人還是農民出身，傅華越發對他刮目相看。

不過，即使這樣，傅華也並沒有鬆口說要幫項懷德引薦江宇，項懷德倒也挺有君子之風的，見傅華為難，也就不再提這件事，把話題轉到了傅華的被免職上。

項懷德說：「傅先生，您究竟是為什麼被免職的啊？」

傅華苦笑了一下，說：「惹了一點小麻煩，不說也罷。」

項懷德說：「說來聽聽嘛，也許我能幫您把問題解決了呢？話說我在東海省高層也有一定的關係的。」

傅華知道項懷德這是想投桃報李，先幫他解決問題，然後傅華感激之下，就不得不引薦江宇給他認識了。

傅華不願意跟項懷德糾纏，就笑笑說：「謝謝項董，不過我自己正在想辦法解決，就不勞項董費心了。」

項懷德聳聳肩說：「傅先生既然不需要，那就算了。」

吃完飯，項懷德就和傅華、馮葵分手了，傅華則開車送馮葵回家。在車上，馮葵說：「老公啊，項董求助你的事情真的很難嗎？」

傅華說：「這裏面灰色的地帶太多了，香港那幫人運作起來可是環環緊扣，每一個環節都要確保不出任何問題的，所以他們不會輕易相信一個人。我跟那個江宇也只是一面之緣，你讓我去介紹項董給他認識，人家搭不搭理我都不知道呢。小葵，你跟項懷德很熟嗎？」

馮葵說：「說不上是特別熟，不過我很尊重他，他是一個各方面都很優秀的人。我跟他一起合作過幾次，在他身上學到過不少東西。你真的沒聽說過他和他的雲中集團嗎？」

傅華搖了搖頭，說：「我真的沒聽說過，你知道我在北京，本來就對東海省的事務很少關注的。」

馮葵說：「有機會你還是多跟他接觸接觸吧，我很少能佩服一個人的，但項董真是讓我佩服得五體投地，所以你跟他多接觸，對你是有好處的。」

把馮葵送回家後，傅華也回了自己的家。

剛到家，就接到胡東強的電話。

「傅哥，你上網看一下，關偉傳說國土部網站上發佈了整頓各地違規建設高爾夫球場的通知，其中就點名批評了海川市白灘那個高爾夫球場，要求海川國土部門要馬上予以查處。」

傅華上了國土部的網站，果然看到了胡東強所說的通知。只是讓他不太滿意的是，這篇通知雖然點到了海川的高爾夫球場，但言辭方面並不十分嚴厲，更沒有提到金達。不過，這可能是關偉傳能做到的最大程度了吧。

這對傅華來說，倒也不是不可用，只要把這篇通知引申到金達身上就可以了，這基本上已經起到狙擊金達的作用了。

傅華在看這篇通知的時候，金達和孫守義也在金達的辦公室裏看到了這份通知。

金達和孫守義臉上看上去都很沉重。如果這篇通知沒有點名批評海川的話，他們可以不當回事，但現在這篇通知直接點了海川市的名字來，金達和孫守義就不得不對此重視起來了。

金達看了孫守義一眼，說：「老孫，你覺得我們該怎麼應對這件事啊？」

孫守義不以為意地說：「還能怎麼應對啊，就讓國土部門去白灘查好了，每年國土部門都有這樣的通知，過了這段時間一切又會恢復原狀了。」

金達說：「老孫，你不覺得這件事中有某些人的影子嗎？」

孫守義心知金達是在說傅華，除了傅華，沒有其他人會這麼針對海川的。但是孫守義不想說破，所謂解鈴還須繫鈴人，麻煩既然是金達惹出來的，就讓金達自己去收拾殘局吧。

於是孫守義裝糊塗的說：「您說的這個影子是指誰啊？我怎麼不太明白啊？」

金達知道孫守義這是故意回避問題，他可以感受得到，自從他拿劉麗華來威脅孫守義後，孫守義和他的關係就變質了，孫守義開始跟他疏遠，把他當做一個對手來防範，往昔兩人凡事商量的局面也難重現了，金達未免有些惆悵。

金達笑笑說：「不明白就算了。老孫，就按照你說的去辦吧，讓國土局去白灘查一下，做出份像樣的處罰，好跟國土部交代，交代他們認真一點，別讓上面覺得我們在應付。」

這種情況下，通常都是罰高爾夫球場的經營者雲龍公司一筆錢，然後讓他們整頓一段時間，等風聲過了繼續經營就是了。

這也是上有政策下有對策的表現，之所以這麼多年禁止建高爾夫球場下來，反而越禁越多的主要原因也在於此，地方政府想要高爾夫球場的建設帶動經濟發展，所以往往採用這種以罰代管的方式。

孫守義就點點頭說：「我會吩咐他們照您的指示辦的。金書記，我聽說傅華向市紀委提出申訴了？」

金達點點頭，說：「是有這麼一回事，我讓紀委給他駁回了。你問這個幹什麼？」

孫守義從目前的一些事情上看出不妙的跡象，傅華一步步的動作，完全是在針對金達，而金達根本就拿不出什麼像樣的反擊。這樣下去，金達的下場一定不會好的。

雖然金達下場如何孫守義並不關心，但是他這一次跟金達一起聯手對付傅華，他很擔心傅華會遷怒到他的身上。因此孫守義覺得最好是適可而止，甚至能讓傅華復職，復職的傅華就又是在海川市的規範領導下，那樣他再想做什麼也會有所顧忌，不像現在這樣無人可管的狀態。

孫守義勸說：「金書記，駁回的決定您是不是再考慮一下啊？實話說，傅華犯的錯誤並沒有嚴重到非要免除職務的程度，市裏對他的處罰是有些太重了。您看是不是想辦法挽回一下？」

金達對孫守義這麼說，就有些不滿了，氣惱的說：「老孫，你這話是什麼意思啊？你覺得我做錯了？跟你說那是特事特辦，當時媒體那麼關注這件事，我必須懲罰的重一點，才能堵住悠悠眾口。」

孫守義說：「這我承認，不過現在形勢不是變了嗎？媒體對這件事已經沒那麼關注了。我覺得既然事件平息了下來，也該適時的糾正當初過於嚴重的處罰。市紀委是不是撤銷免職的決定，改為警告或者其他相對較輕微的處罰？否則市紀委如果將傅華的申訴駁回，這件事勢必會鬧到省裏去，就算是省裏最後勉強支持了我們，我們也會臉上無光的。」

金達反對說：「老孫，你讓紀委撤銷免職決定，那可是我們自己打自己的臉。不行，這絕對不行，要是真這麼做，我們這一屆的領導班子就沒有絲毫的威信了，那以後我們再怎麼去面對海川市的幹部和群眾啊？」

孫守義心說：我們之所以陷入目前這個困境，還不是因為你太好面子？就忍不住說：「我們做錯了就要糾正嘛，這也是一種實事求是的態度，我們不應該為了放不下面子一錯再錯。而且讓傅華復職也有好處，一隻被圈進籠子裏的猛虎總比野放沒有束縛的老虎好對付得多。」

「你這個意思還是我做錯了？」金達冷冷地說：「老孫，我可提醒你，免職決定是常委會成員一致做出的，你也投了贊成票。我維護的可不是我一個人的面子，而是我們海川市全體常委會的尊嚴。」

其實對一個官員來說，面子是最不值錢的東西，很多官員為了保住自己的位子，多麼不要臉的事都能幹得出來。權力才是比面子更重要的事，偏偏金達就是看不透這一點。

孫守義不禁搖搖頭說：「金書記，我認為您現在已經鑽進牛角尖出不來了，難道您沒發現您的處境越來越危險了嗎？先是灘塗地塊被爆未足額繳納土地出讓金的事，現在又是高爾夫球場的違建，人家這是在一步一步有條不紊的對付您呢。」

金達仍不肯認輸地說：「這我知道，但是我不怕他，我就不信他能拿我怎麼樣。」

孫守義苦笑說：「我怎麼覺得您這話說的有點色厲內荏的味道呢？人家還需要對您怎麼樣嗎？您知道海川市的幹部們現在是怎麼看您的？現在下面的人都在議論，說您講原則之類的行為都是裝出來的，其實背地也是不乾淨的。」

金達的臉騰地一下紅了，叫嚷道：「胡說！我金達清清白白的，從來沒往自己腰包裏揣過一分錢。」

孫守義笑了起來，說：「不往自己口袋裏裝錢就是清白的了嗎？金書記，您是不是當大家都是傻瓜啊，您為什麼允許喬玉甄一再拖延繳納土地出讓金？甚至新聞把這件事都揭露出來了，你還不催她趕緊把錢補足？」

金達心虛的說：「我那是為了照顧來投資的客商嘛，她現在流動資金不足，我給她寬限一下也沒什麼大不了的。」

孫守義卻說：「您別以為您做的事別人都不知道，您之所以一再容忍喬玉甄，不就是因為她把您推薦給謝精省副部長，讓謝副部長幫您爭取往上走嗎？」

「你，」金達呆住了，說：「這事你是怎麼知道的？」

孫守義笑笑說：「您可能忘了，我曾經在組織部待過幾年，在組織部門裏也有幾個朋友，這事您瞞得了別人，瞞不了我。我奉勸您一句，不要太把喬玉甄當回事。但您想過沒有，海川市這一樁樁的事情鬧出來，您往上走的機會還會有多大啊？」

金達的臉色陰晴變幻莫定，心中開始打鼓了，孫守義說的不錯，土地出讓金以及高爾夫球場的事，雖然目標沒有明確指向他，但是他都脫不了干係。如果有人要拿這兩件事做他的文章，那他想要接任東海省常務副省長的位子恐怕就要有問題了。

但是人總是有僥倖的心理，喬玉甄那邊並沒有傳來不好的消息，金達總覺得他還有希望。但是他的希望馬上就被孫守義接下來的話給打掉了。

孫守義接著說：「還有一件事我忘記告訴您了，就是上次傅華帶回來的考察團中有一個叫做田漢傑的，他的父親是田副部長。」

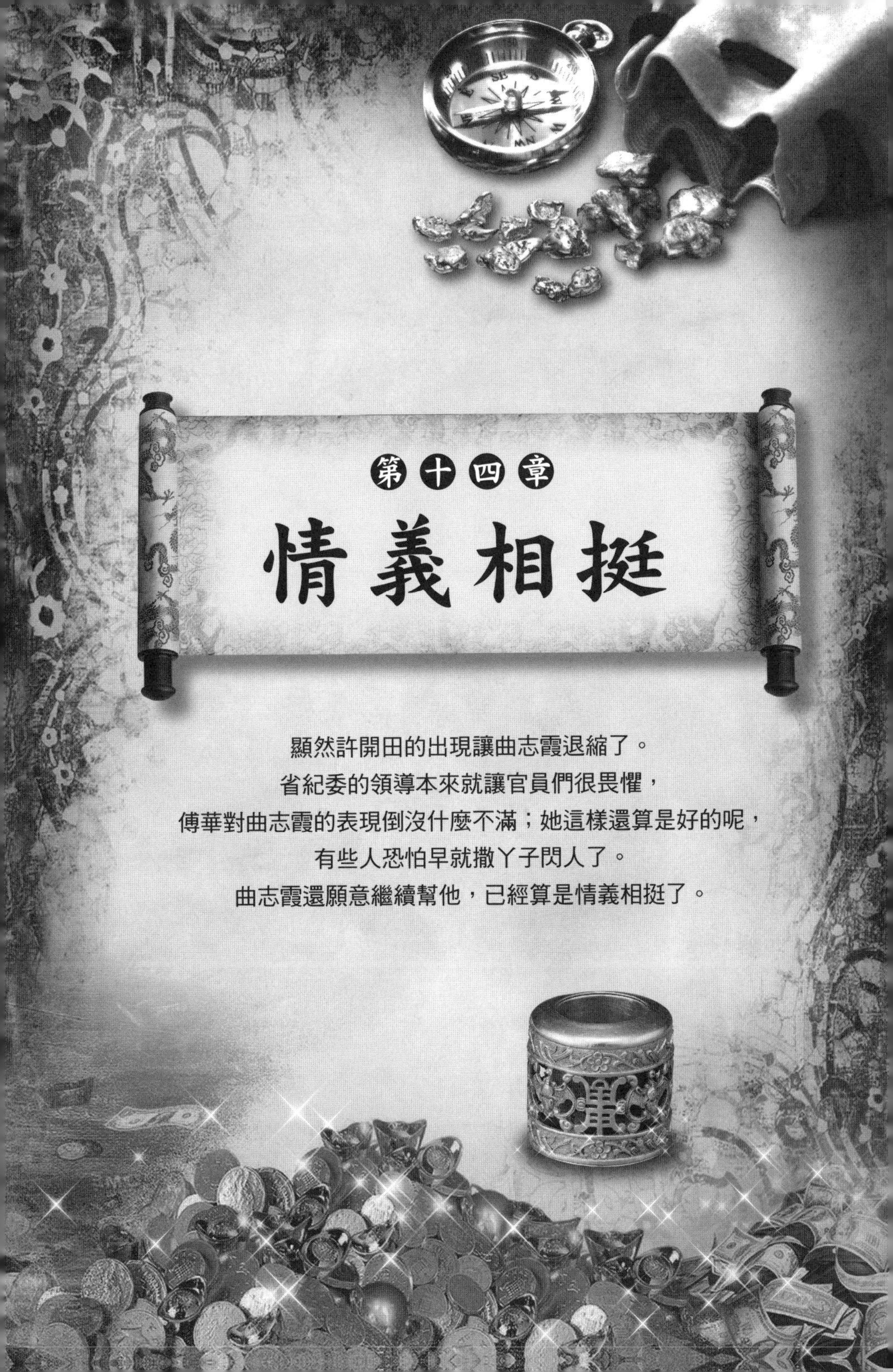

第十四章

情義相挺

顯然許開田的出現讓曲志霞退縮了。
省紀委的領導本來就讓官員們很畏懼，
傅華對曲志霞的表現倒沒什麼不滿；她這樣還算是好的呢，
有些人恐怕早就撒丫子閃人了。
曲志霞還願意繼續幫他，已經算是情義相挺了。

田副部長？金達心中一涼，他已經隱約猜到傅華操作土地出讓金、高爾夫球場這些事是為了什麼了。

他不死心地說：「哪個田副部長？」

孫守義冷笑一下，說：「還會有哪個田副部長啊？當然是組織部的那位田副部長啦。」

加上田副部長這最後一塊拼圖，傅華操作整件事的環節就全部清晰的展現在金達的面前了。傅華一連串的動作都是要證明他有違法違規的行為，透過田副部長，這些事就會上達天聽，高層如果知道了他的這些違法行為，那他上位的可能性瞬間就降為零了。

想到自己費盡心機才爭取來的機會，可能輕而易舉的就被傅華破壞掉，金達頓時變得面如土色，暗罵道：傅華，你個混蛋，真夠陰險的，行，你想害我沒機會升上去不是嗎？我也不能讓你稱心如意！只要我當海川市市委書記一天，你就別想再做這個駐京辦主任了。我就不信我一個市委書記玩不過你一個駐京辦主任，不對，你現在連駐京辦主任都不是了，不過是個沒有職務的公務員罷了，看我整不死你才怪呢。

金達便冷笑一聲，說：「管他呢，他就是認識田副部長又能奈我何啊？田副部長總不能直接下令讓海川市市委恢復他的職務吧？老孫，我還是堅持我原來的意見，那就是免掉傅華駐京辦主任職務的這個決定是正確的。」

孫守義心說：看來金達是非要一條道走到黑了，這次他真要被他給害死了。孫守義對金達很失望。一個官員最致命的弱點就是不懂得看風向，隨風轉舵雖然是個貶義詞，卻是官員想在官場上站穩腳跟必須的本能之一，金達明顯是沒有這項本能。

孫守義冷冷地說：「隨便您了，金書記。您忙，我回市政府去了。」

孫守義站起來往外走，走到門口時，回頭看了金達一眼，只見金達一臉晦色的坐在那裏發呆，顯然金達對目前的局面也是一籌莫展。

其實這一切的起源不過就是一點點的意氣之爭罷了。如果金達心胸寬大一點，或者傅華表現得更謙遜一點，可能這兩人現在還是相互支持的好朋友呢。

海川市紀委下達了維持對傅華免職處分的裁決書，這份裁決早在傅華的意料之中，接到後，他打電話給曲志霞。這是他與曲志霞約定好的，有什麼新情況發生就相互通報一下消息。

曲志霞說：「傅主任，裁決書的事我已經知道了，你就按照我們原來預定的步驟進行吧。回頭我去省紀委找朋友瞭解一下情況，然後再看看需不需要去找呂紀書記或者鄧省長。」

於是傅華就向省紀委提出了申訴。然後傅華打給曲煒，講明他在為被免職做申訴的事，問曲煒對此有什麼看法。

曲煒聽完之後，沉吟了一會兒，說：「傅華，可以肯定的一點是，我和呂書記都希望你能順利復職，但是這個時間點不太好，這時候我和呂書記都容不得一點點的閃失，所以你不要指望我和呂書記會出面幫你說什麼話。至於鄧子峰那邊，你連找都不用去找了，他因為振東集團的事現在自顧不暇，肯定不會再來管你的閒事的。」

傅華理解地說：「這我知道，你們現在都處於敏感時期。」

雖然孟副省長的命運已經確定，但是鄧子峰和呂紀間的博奕並沒有停止，曲煒是走是留，鄧子峰能不能上位成為省委書記，這些都還沒有明朗化；在這個前途未卜的時刻，他們自然容不得絲毫疏忽。而曲煒也在爭取常務副省長的關鍵時期，他也不敢有什麼閃失。

曲煒說：「你就按照正常程序去走吧，看省紀委如何處理這件事，如果省紀委還是維持對你的免職決定，那就等過了這段敏感時期，如果到時候我和呂紀書記還留在省領導班子，我們會再來解決你的事的。你明白我的意思吧？」

傅華本來也沒太指望曲煒和呂紀，就笑笑說：「行，市長，我明白您的意思了。我會按照正當程序進行這件事的。」

傅華結束了跟曲煒的通話，現在看來曲煒和呂紀是不能指望了，那就看曲志霞會幫他到什麼程度啦。

過幾天，傅華接到了曲志霞的電話。

「傅主任，你是不是找了省紀委書記許開田了？」

傅華愣了一下，他跟許開田並沒有任何的交集，也沒有什麼朋友跟許開田扯得上關係，便回說：「沒有啊，怎麼了？」

曲志霞詫異地說：「那就奇怪了，我的朋友跟我說，你這個申訴案剛到省紀委，就引起了許開田的注意，他專門跟經辦人員瞭解了相關的案情，還要求經辦人員隨時向他彙報案件的進展情況，如果許書記不是你找的，他這麼關注這個案子可能就有問題了。」

曲志霞說的話引起了傅華的警惕，許開田絕對不會無緣無故去關注一個小小的駐京辦主任的申訴。省紀委書記位高權重，關注這個申訴案肯定有原因。

既然許開田不是他這方的人找的，就意味著許開田很可能是海川市領導班子中的某個人找的，那也就意味著他的申訴前景很不妙了。

這是事先沒有料想到的事，這樣一來，就打亂了傅華和曲志霞的全盤部署，一個省紀委書記卡在中間，讓整件事情都變複雜了。如果許開田真的是要跟傅華作對來的，那就算是呂紀、鄧子峰這一層級的領導也不得不顧忌。畢竟許開田是這件事的正管，他的意見有著決定性的影響。

一時之間，傅華有點不知道下一步該如何去做了，他問曲志霞說：「曲副市長，您看下一步我們該如何做呢？」

曲志霞苦笑了一下說：「傅主任，我還是會為你盡力爭取的，不過我事先也沒想到會冒出一個省委常委來，這是人家主管的一畝三分地上，所以申訴最終的結果會如何，我們只有盡人事聽天命了。」

顯然許開田的出現讓曲志霞退縮了。省紀委的領導本來就讓官員們很畏懼，現在哪個官員沒做過點錯事啊，如果得罪了紀委書記，那就等著被查處吧。因此傅華對曲志霞的表現倒也沒什麼不滿；她這樣還算是好的呢，有些人遇到這種情況恐怕早就撒丫子閃人了。曲志霞還願意繼續幫他，已經算是情義相挺了。

傅華笑笑說：「您放心，這件事不管最終的結果如何，我都會對您心存感激的。」

曲志霞說：「感不感激的，那是其次的東西了，關鍵是這件事是我發起的，如果最終沒有達到預期的結果，我這個臉可是掛不住啊，你還是趕緊想想有沒有其他的招數吧。」

傅華認命地說：「到了這般田地我也沒什麼好招數了，我們還是靜觀其變吧，也許許開田是來幫我的呢。」

曲志霞笑了起來，說：「想不到你還是一個挺樂觀的人啊。」說完，就出現了一陣沉默，因為他們都知道許開田是來幫傅華的可能性微乎其微。

曲志霞只好說：「我掛電話了，有什麼情況我們再聯繫吧。」就結束了通話。

傅華感覺曲志霞雖然不能說是什麼好人，但至少算是個有擔當的人，就這一點上，她就比孫守義強得多了。

轉天，傅華接到了一個叫做陳剛的男人打來的電話，說他是省紀委監察局申訴複查室的主任，通知傅華讓他去齊州省紀委那裏一趟，想要瞭解一下傅華被免職的相關情形。

傅華就去了齊州的省紀委，陳剛詳盡的瞭解了傅華被免職的原因和事件的整個過程。

在陳剛詢問傅華的當中，一個五十多歲的男人走了進來，陳剛一看他就趕忙站了起來，打招呼說：「許書記。」

傅華聞言，知道眼前這個略顯乾瘦的中年男人就是省紀委書記許開田了，想不到這傢伙對他還真是上心啊，竟然跑來旁聽起對他的詢問來了。

許開田用銳利的眼神掃了一下傅華，然後對陳剛說：「陳主任，你別管我，繼續你的詢問好了。」

陳剛就繼續詢問傅華，許開田就靜靜的坐在一旁聽著傅華的回答。

陳剛詢問完，看了看許開田，說：「許書記，您看還有什麼要問的嗎？」

許開田笑了一下說：「這個案子是你辦的，你問就好了。行了，我走了。」就離開了詢問室。

許開田莫名其妙的出現和莫名其妙的離開，搞得傅華一頭霧水，不知道許開田跑來聽對他的詢問意圖為何，他也看不出許開田對他的喜惡，這傢伙還真是莫測高深，讓人摸不著頭緒啊。

許開田一離開，陳剛就對傅華說：「行了，你先回去吧，省紀委會秉持公正的立場來處理你的申訴的。」

傅華順口問道：「不知道什麼時候才能知道結果？」

陳剛說：「我們處理是有程序的，你回去等吧，很快就會有結果的。」

傅華就回北京等候申訴的裁決結果，關於許開田關注他這件事，傅華並沒有跟曲煒講。曲煒現在肯定沒心思關注這件事，孟副省長的退休申請終於批了下來，東海省常務副省長的位置正式空了出來。曲煒作為常務副省長的有力競爭者之一，此刻的心思都放在如何爭取上位上面了。

海川市人民醫院。

醫生在給金達認真的檢查身體，檢查完之後，醫生對金達說：「金書記，您恢復的不錯，不過您還是不能掉以輕心，要加強鍛煉，同時也要注意不要讓自己的情緒大起大落，那樣很容易再度引起中風的。您已經發生過兩次輕度的中風，如果發生第三次，那可就很危險了。」

金達點點頭說：「行，醫生，你說的這些我會注意的。」

醫生又建議說：「金書記，您雖然恢復得很好，但我還是強烈建議您離開工作崗位去休養一段時間，您之所以會中風，與您過度繁重的工作有很大的關係的。」

金達笑笑說：「這就沒必要了，你看我在工作中不是也恢復的挺好的嗎？好了醫生，謝謝你了，今天就這樣吧。」

金達離開醫院，坐車趕回市委。今天的天氣很好，窗外陽光明媚；因為醫生說他恢復得很不錯，金達的心情也特別的好，甚至還輕輕的哼起了小曲來，這對慣常一板一眼的金達來說，可是相當罕見的一件事。

車到了市委，上那九層臺階的時候，金達的步子邁得雖然還是有些艱難，但比起他剛出院回來上班時卻已經強了許多，甚至因為心情不錯，他還不自覺的把步子邁得大了一點。

這種好心情一直持續到金達在辦公室裏坐下，持續到他桌上的電話響起來時為止。

電話是市紀委書記陳昌榮打來的，陳昌榮說：「金書記，我剛剛聽到一個消息，說是省紀委打算要撤銷我們作出的免去傅華駐京辦主任職務的決定。」

金達愣了一下，說：「這怎麼可能啊，省紀委應該知道這個免職決定是市委常委會一致通過的決定，他們這麼做，是把我們海川市委放到什麼地方去啊？你這個消息準確嗎？」

陳昌榮說：「應該準確吧，是省紀委一位副書記告訴我的，說是在省紀委的工作會議上研究定的調子。金書記，您看是不是趕緊跟省紀委的領導們溝通一下啊？如果省紀委真的撤銷了免職決定，那海川市委和紀委都會很尷尬的。」

金達雖然跟省紀委書記許開田認識，不過並無深交，此時再去跟許開田溝通，似乎已經作用不大了。不過，金達也不好拒絕陳昌榮的要求，那樣會顯得他這個市委書記很沒有用。另一方面，金達也想跟許開田爭取一下，畢竟事關海川市委和他這個市委書記的面子，省紀委也不能什麼都不管就來個撤銷免職決定的裁決。

此時金達臉上的笑意都沒有了，說：「行啊，老陳，我會跟省紀委的領導同志溝通一下的。誒，你那位朋友有沒有透露這次是什麼人干涉，讓省紀委要撤銷我們的免職決定的啊？」

在金達的心目中，省紀委這樣不顧情面的裁決撤銷免職決定，一定是省裏某位領導干預了這件事的結果。

事先金達也曾想過傅華把事情鬧到省裏去的話，省領導誰會插手干預。權衡一番之後，金達認為沒有人會在這個時候插手干預這件事。現在東海省的形勢很不明朗，呂紀、鄧子峰、曲煒都還在為他們的下一步走向博奕呢，此時這三個大老是不會分心來管傅華的這件小事的。孟副省長已經退休，就更沒有插手的可能性了。

陳昌榮說：「我那位朋友說，他不知道外面的人有沒有干涉這件事，他只知道省紀委書記許開田明確的要求撤銷這個決定。本來省紀委的同志為了顧及海川市的顏面，也傾向維持這個免職決定的，但是遭到了許書記的否決，許書記認為傅華同志在這件事情中，並沒有明顯的違紀行為，他很不理解海川市為什麼會做出這樣的決定，認為這個決定是海川市濫用行政權力的結果，必須要撤銷。」

是許開田要撤銷這個免職決定的？金達心裏就有些納悶了，他沒聽說過什麼時候傅華跟許開田扯上關係了。另一方面，金達雖然跟許開田不是很熟，但是一向井水不犯海水，他沒理由這麼針對他啊。

不過如果這件事真是許開田堅持撤銷的，那再去找許開田就有些自討沒趣了。金達心說：這個許開田究竟是怎麼回事啊？難道傅華把工作做到許開田那裏去了？這也不是不可能的，傅華那個傢伙很會鑽營，也許在到省紀委申訴之前，他就已經跟許開田搭上線了。

不行，絕不能讓傅華得逞，你找了許開田又怎麼樣呢？省紀委就算是下達了撤銷裁決又怎麼樣？我們海川市委是不會執行這個裁決的。你能找許開田，我也能找呂紀，我就不信省裏會強逼著海川市委撤銷這個決定。

上一次被呂紀訓斥後，金達全面評估過這裏面的各方勢力可能會有的動作，評估的結果是呂紀、鄧子峰、曲煒這些人都不會在這時候有什麼針對他的不利動作。

呂紀算是一手提拔他的人，如果呂紀為了傅華的事出面整他，那就等於呂紀打自己的臉，也會成為鄧子峰攻訐呂紀用人不當的把柄，呂紀不會傻到這麼做的。

這也是傅華被免職這麼長時間，呂紀沒有在公開場合對這件事有過任何表態的主要原因。

這件事滑稽的地方在於，雖然呂紀對他極為不滿，卻還不得不維護他，即使僅僅是在表面上，否則他就會成為呂紀的負資產，損害到呂紀本身的政治利益。

曲煒雖然是傅華的老上司，跟傅華關係很鐵，但是曲煒跟呂紀利益一致，呂紀不能做的事，曲煒也不能做。至於鄧子峰，他被王雙河和振東集團的不當交易糾纏，也沒有可能會插手這件事的。

金達覺得他可以借助目前東海政壇局勢的這種微妙平衡，來對抗許開田的裁決，相信呂紀鄧子峰這些大老不會對他怎麼樣的，那就僅剩下一個許開田，不足為慮。

想到這裏，金達的心篤定了下來，便對陳昌榮說：「行了老陳，這件事情我會處理的。」

陳昌榮就掛了電話。

金達坐在那裏想了半天，決定還是要給許開田打個電話過去，跟許開田表明一下海川市委的態度。

許開田接了電話，問道：「哪位？」

金達說：「許書記，我是海川市的金達。」

許開田淡淡地說：「原來是金書記啊，找我有事啊？」

金達笑了一下說：「許書記，是這樣子的，我聽說我們海川原駐京辦主任傅華向省紀委提出了申訴，想跟您瞭解一下情況。」

許開田公式化地說：「申訴的事紀委有專門的機構來處理，你如果想瞭解情況，可以詢問監察局申訴複查室的陳剛主任。」

金達聽許開田把事情推給陳剛，知道許開田這是在敷衍他，卻也無可奈何，省紀委書記是副省級的領導，比他要高上一級，他還沒有去責怪許開田的資格。

金達便說：「原來是這樣啊，那回頭我會去問陳主任的。不過許書記，有一點我想跟您闡明一下，那就是傅華這次的行為十分惡劣，影響極壞，我們海川的群眾幹部一致認為免去他的駐京辦主任職務是極為恰當的。」

「幹部群眾一致認為？」許開田笑了起來，譏諷的說：「看來金書記還真是有兩下子啊，現在好多地方都是幹部和群眾間矛盾不斷，你們海川市居然能夠幹部和群眾意見一致，真是很了不起啊，要不要我回頭把這件事跟呂書記彙報一下，請你給全省的幹部們傳授一下經驗，讓我們知道你是怎麼統一幹部和群眾的意見的？」

金達不由得語塞了，他本來是拿幹部和群眾意見一致這個大帽子向許開田表明他的態度，誰知道竟然被許開田抓住這一點做起文章來了。

見金達不說話，許開田冷笑一聲，說：「就怕是某些人以為自己是領導，可以為所欲為，就非要把自己的意見當做是大家的意見強加給別人。」

金達被許開田說的臉上一陣紅一陣白，乾笑了一下，說：「好了，打攪許書記了，我還要去跟陳剛主任瞭解情況，就這樣吧。」說完就掛了電話。

許開田的譏諷讓金達又羞又氣，感覺一陣眩暈，胃中噁心欲吐，腦門直冒虛汗，差點又要中風。金達趕忙深吸一口氣，讓自己的情緒趕快平復下來，好一會兒，那種難受的感覺才沒有了。

與此同時，傅華接到了曲志霞的電話。

曲志霞很高興的說：「傅主任，告訴你一個好消息，省紀委基本上確定要撤銷你的免職決定了。」

這讓傅華很意外，他原本都不抱什麼希望了，沒想到居然來了個大逆轉。傅華懷疑的說：「曲副市長，您這個消息可靠嗎？」

曲志霞說：「絕對可靠，誒，你是不是私底下找過許開田，我聽說是許開田要撤銷這個決定的，才讓省紀委的態度從維持轉變成撤銷。」

傅華說：「我可以對天發誓，我跟許開田絕對沒有任何的私下接觸，我現在也很納悶他為什麼會幫我。」

曲志霞不解地說：「那就真是奇怪了，通常省紀委是不會這麼不留情面的，這裏面許開田起的作用很大啊。」

傅華猜說：「我真是不知道是什麼原因讓許開田這麼做，我身邊的朋友似乎也沒有跟他扯上關係的。不過，我本來就是無罪的，許開田這麼做也許就是為了主持公道罷了。」

這話傅華說的不很硬氣，現今這個社會，即使是省紀委書記也不會無緣無故就來主持公道這一說的。這必然有緣故，只是現在傅華和曲志霞都還不知道罷了。

曲志霞笑笑說：「你也不要去想這些沒有意義的事了，既然要復職了，就做好準備，回到崗位上好好工作吧。」

傅華說：「我會的，曲副市長，這次真的要謝謝您了，要不是您幫我，我不知道要在家中賦閒到什麼時候呢。」

曲志霞笑笑說：「跟我就不要說這些客氣話了，你把駐京辦給我管理好，就是對我最大的感謝了。」

海川市委，金達辦公室。

緩過勁來的金達靜靜地坐在那裏，這半天他什麼工作都沒有做，就是坐在那裏，額頭的汗珠已經消掉了，情緒也已經平復了下來。

金達意識到他的中風隨時都可能會復發，這已經不是他強撐能夠撐過去的了，可是性命攸關的事啊。他認真地考慮是不是真的向醫生建議的那樣，請假去療養一段時間。權力誠然是好東西，但是如果沒有命去享受權力的好處，那即使掙到了權力也沒有意義。

直到這一刻，金達才意識到他跟傅華的爭鬥實在是沒什麼意思，他費了半天勁才搞掉傅華的駐京辦主任，如果省紀委下了撤銷免除傅華職務的裁決，就不會再有人去跟省紀委對著幹了，傅華就會順理成章的復職。他前面這一切的努力馬上就付諸流水了。

金達苦笑了一下，心說早知道是這個結果，自己何必這麼去折騰呢？也許不這麼折騰，他也不會中風，更不會讓呂紀對他有了不滿，甚至也不會跟傅華鬧得勢不兩立。

就在金達感慨萬千的時候，手機響了起來，上面顯示的是喬玉甄的號碼。

金達心中一動，也許喬玉甄要告訴他，他即將要成為東海省新的常務副省長，如果是這樣子的話，那他休養的事就要重新考慮了。

金達接通了電話，說：「喬董，找我什麼事啊？」

喬玉甄說：「金書記，你在哪裏啊？」

金達笑笑說：「我在辦公室呢。」

喬玉甄說：「聽說你最近身體不太好？」

金達回說：「前段時間出了點小問題，不過經過治療已經恢復了，現在沒什麼問題了。」

金達還以為喬玉甄問他的身體狀況，是想瞭解他是不是適合擔任常務副省長呢，哪知道他會錯意了，喬玉甄問這個，其實是想知道他是否能承受聽到壞消息的打擊。

悲劇就是這樣陰差陽錯造成的。看金達說得這麼樂觀，喬玉甄也就無所顧忌了，她說：「金書記，有件事情需要跟您說一下，謝精省副部長跟我說……」

金達一聽到謝精省的名字，就緊張地打斷喬玉甄的話問道：「謝副部長說什麼了，是不是我出任東海省常務副省長的事情有眉目了？」

人在關注某些東西的時候，心竅總是很容易被迷住，此刻的金達就是這樣，他的心完全被權力迷住了，絲毫沒注意到喬玉甄說話時的語氣很差。

喬玉甄有些艱難地開口說：「金書記，不是有眉目了，而是你沒希望了。」

「沒希望了，」金達驚訝的說：「怎麼會這樣？謝副部長不是說我可以的嗎？怎麼又變成了沒希望呢？」

喬玉甄解釋說：「是這樣的，謝副部長本來是推薦了你出任這個常務副省長的，但是在進行人選討論的時候，田副部長提出你有幾方面因素不適合，一是公器私用，利用職權為商人謀取利益；二是不遵守國家的法規，做市長期間竟違規上馬國家明令禁止的高爾夫球場項目；三是身體健康不佳，無法承擔繁重的工作重擔……」

喬玉甄還在講著，金達卻覺得她的聲音越來越遠，彷彿是來自另外一個世界，到最後，他根本就聽不到任何聲音了。

這時金達只覺得渾身一點力氣也沒有，身體軟軟的從椅子上滑到了地上，隨即眼前的事務就全部消失，徹底失去了知覺。

再醒過來時，身邊好像有人在哭泣，他認真的聽了一下，好像是妻子萬菊的聲音，他想睜開眼睛看看萬菊為什麼哭泣，眼皮卻有千鈞重，怎麼也睜不開。

金達心中大急，想要抬起右手去摸萬菊的頭，但是令他驚詫的是，他的右手根本就不聽他的指揮，甚至右半邊的身體也是麻麻的，好像沒了知覺一樣。金達越發著急，張嘴想喊，但是他的舌頭也不靈活了，舌根僵硬，喊了半天也沒說出一句完整的話來。

金達知道他發生什麼事了，他現在這個症狀就是重度中風！想不到最慘的狀況還是發生在他的身上。

金達懊惱地想：我還是沒逃過這一劫啊。上一刻鐘他還想要整傅華，不讓傅華回到駐京辦復職，這一刻鐘他卻躺在病床，連話都說不出來了。這下子，他可以真正的休息了。

第十五章 利益最大化

曲煒各方面的條件也很不錯，
呂紀想調動趙老那批人，讓這幫人出來支持曲煒，
好讓曲煒能夠順利接任東海省的常務副省長。
作為回報，呂紀會支持孫守義成為海川市的市委書記。
雙方各取所需，達到利益的最大化。

看著眼前金達半身不遂，嘴歪眼斜，嘴角還流著口水的樣子，孫守義心中很是淒然，怎麼也想不到金達會變成這樣。

雖然他知道金達會成為現在這樣，很大一部分是咎由自取，但是他跟金達畢竟同事了這麼久，還是十分於心不忍。

孫守義不由得對傅華產生了很大的警戒心和憎惡感，金達今天這個下場，除了是金達自身的問題，另一個重要因素則是傅華的報復行為。傅華這個當下屬的把領導整成現在這樣，孫守義感覺他的威信跟金達一樣也被傅華冒犯了，孫守義心中也開始防備傅華可能對他的報復。

金達現在這個狀態，在省委還沒有指定誰代理市委書記之前，他這個市長恐怕先要負起責任來。要不要把省紀委撤銷傅華免職的事擋下來，不讓傅華回駐京辦呢？孫守義一時不下了決定。

如果不讓傅華回歸駐京辦，猛虎是被擋在門外了，但是隨之而來也會有一些不利的因素。首先省紀委這一頭就說不過去；再是傅華肯定會對他更加有敵意，萬一他也像報復金達一樣，找到他的弱點報復他就慘了。

好在現在他不用馬上決定，因此暫時先把這些放到了一邊，趕忙去安慰金達的妻子萬菊，承諾海川一定會為金達選最好的醫師，用最好的藥，全力救治金達。

安慰過萬菊，孫守義就離開病房，他還要把金達病倒的事通知北京的趙老呢。

金達這個狀況，顯然無法再回到工作崗位上去，這也就意味著市委書記的職務空了出來。作為海川市市長，他應該是這個市委書記職務最強有力的競爭者，孫守義知道他必須爭分奪秒讓趙老幫他運作，好先卡位，否則被別人搶先一步的話，他就失去這個大好機會了。

回到辦公室，孫守義馬上就把電話打給了趙老，跟趙老報告了金達病倒的狀況。趙老聽完，笑說：「小孫，你的運氣不錯啊，要是換在別的時候，你要上位成為市委書記，機會幾乎等於是零。現在金達突然病倒，海川市又不能沒有主帥，倉促間，東海省恐怕也找不出比你更適合這個位置的人了，所以你得到這個位置的機會很大啊。」

金達剛病倒，他就在謀劃如何搶金達的位置，這讓孫守義有些彆扭，但是這樣一個大好機會不去爭取，他的心會更彆扭。於是他笑了一下，說：

「那就要靠老爺子您幫我運作了。」

趙老說：「這麼好的機會我自然不會放過的，你放心好了，我會動用一切關係幫你爭取這個市委書記的。」

孫守義高興地說：「那就先謝謝老爺子了。」

趙老笑笑說：「你跟我就不用客氣了，我們都期望你能夠走上更重要的崗位上去。不過有一點你要記住，千萬不要在這時候給我冒出什麼不好的事出來。金達為什麼會爭取常務副省長失敗，還不是因為被揭發出有違紀的行為嗎？你現在也是一樣，我可以幫你爭取市委書記，但是也要你自身不出問題才行的。」

趙老這麼說，讓孫守義心虛了一下，他想到他跟劉麗華的事。幸好知道這個秘密的金達已經說不清楚話了，可以被隱瞞下來，這是老天也在幫他啊。

孫守義趕忙說：「老爺子您放心，我可以向您保證，我沒有任何問題的。」

趙老說：「你沒問題最好了，不過還有一點要注意，最近也不要惹什麼麻煩的人和事，有些人和事雖然看起來不重要，但是發展下去可是會壞了大事的。你現在就記住一點，一切都要為爭取市委書記讓路。有的事可以稍稍放一放，等你上位了再來處理也不晚。」

趙老這麼囑咐，孫守義就知道他不能再去阻止讓傅華回海川市駐京辦了。要論起海川市現在的麻煩人物，傅華在孫守義心中排第一位。孫守義心說：便宜這個傢伙了，看來只好讓這隻老虎回來了。

傅華是在家中得到金達中風半身不遂的消息，跟他講這件事的是曲志霞。

曲志霞不勝唏噓的說：「真沒想到金達會變成這樣，一想起他連句話都說不清楚，我心裏就特別不是滋味，覺得做官真是沒意思。」

傅華心中也覺得不太舒服，他跟金達畢竟曾經朋友一場，也不想看到金達這個樣子，但是他沒有因此自責不該採取那些行動去對付金達；金達如果度量大一點，也許就不會發生這樣的慘事了。

至於曲志霞說的話，傅華並不相信，從認識她到現在，傅華看到她所做的都是為了爭取更大的權力，因而她說做官沒意思的話，不過是一時的牢騷感慨罷了。

果然，曲志霞接下來的話，印證了傅華的看法。

曲志霞說：「傅主任，你覺得接下來海川政壇會如何變化？孫守義市長會不會接任市委書記啊？」

傅華馬上就明白曲志霞為什麼會這麼問了，如果孫守義上位成為市委書記，那市長的位置空了出來，曲志霞作為常務副市長，很有機會接任市長。就目前這個狀態來說，傅華倒真是希望曲志霞能夠接下市長的位子。他跟孫守義雖然沒有撕破臉，但是彼此間已經有了心結，傅華急需海川高層有人在關鍵時候好幫他說說話。

但是看來曲志霞上位的可能性並不大，她到海川的時間不久，各方面還沒有樹立起威信。再是曲志霞是個女人，海川局勢很複雜，曲志霞恐怕也不足以擔負起市長這個擔子。尤其是曲志霞應該算是呂紀的人馬，呂紀很快就被調離海川，不但幫不了曲志霞，還可能連累她。綜合這幾點，傅華傾向於認為這次曲志霞是沒有希望的。

但孫守義的情況就另當別論了，孫守義這幾年在海川的政聲還不錯，加上背後有趙老這種強大的背景，趙老一定會動員全部力量來爭取。因此傅華判斷孫守義這次上位的機率很大。

所以現在的關鍵是，傅華想不想讓孫守義上位，如果他要阻止孫守義上位，只要適時地將孫守義和劉麗華的曖昧關係揭發出來，將孫守義夜訪劉麗華的照片發一下，就足以打掉孫守義上位的可能性了。

不過，傅華現在不想去對付孫守義，第一點，如果對付了孫守義，孫守義不能成為市委書記，那東海省必然會另派別人來出任，這個人會是什麼狀況是未知的，傅華不喜歡這種不確定的狀態。

其次，大家都傳說金達中風和他有很大的關係，如果他再去狙擊孫守義，會更搞得他好像是海川市的地下組織部長，可以暗中操縱海川政壇，這可不是什麼好事。

傅華決定暫且先放過孫守義，等恰當的時機再說。

傅華就說：「我估計這次孫市長機會很大。」

曲志霞立即問：「那傅主任覺得我這次會不會也跟著變動一下啊？」

傅華心說你不是剛才還說做官沒意思嗎，怎麼轉眼就又問起前程來了，真是好笑。

傅華說：「這個我還真不好推算，不過曲副市長，我覺得做什麼事都是講究時機的。時機對的話，事半功倍；時機不對，就算勉強去做，不但對您不會有利，反而有害。」

傅華雖然沒有明說曲志霞這次沒有機會，但是話裏的意思卻很明顯。曲志霞是冰雪聰明的人，一聽就懂了，說：「是啊，你說得很對，做什麼事都真需要講究天時地利人和的。」

東海省委，呂紀辦公室。

呂紀聽曲煒跟他報告說金達變成半身不遂，神色頓時黯然下來，嘆了口氣說：「怎麼會成這個樣子啊？」

曲煒說：「這也怪不得別人，是金達的抗壓能力實在太差了。」

呂紀感慨說：「當初我和郭奎書記因為看好金達搞理論工作很有一手，才讓他走入仕途的，現在回過頭來看，這麼做也許錯了。如果金達一直在搞理論工作，現在也許還健健康康的呢。」

曲煒勸說：「金達有今天也是他自己種下的因果。我倒覺得現在不應該考慮金達的狀況，而是該考慮他空出來的市委書記的位子由誰來做的問題。」

呂紀看了看曲煒，說：「老曲，你心中可有人選？」

曲煒搖搖頭：「事發太過突然，我一時之間還真想不出誰比較合適。」

呂紀沉吟了一會，說：「老曲，你覺得孫守義怎麼樣？」

曲煒愣了一下，說：「您這話是什麼意思？您忘了，孫守義可是鄧省長的人馬。」

呂紀笑說：「這我怎麼會忘呢？不過都這個時候了，是誰的人並不重要，重要的是他對我們是不是有用。」

「有用？」曲煒被說糊塗了，看著呂紀說：「我看不出來他對我們有什麼用處。」

呂紀笑了笑說：「你沒看到他的用處，是因為你把目光都局限在某一點上了，而沒有去看整個政局的走向。一葉障目不見森林啊。」

曲煒就想了一想，半天還是搖了搖頭說：「我真是想不出來他的用處在哪裏。」

呂紀分析說：「用處就在於他身後強大的背景。眼下金達病倒，按照慣例，孫守義應該是第一順位接班人，他身後那些人肯定不會放過這麼好的機會的，所以必然會全力幫孫守義運作。這時候我這個省委書記就變得很重要了，他們如果需要我同意孫守義出任海川市市委書記，就必然會拿出相應的東西來跟我交換。」

曲煒不得不承認呂紀這個想法很正確，但雖然這樣，曲煒倒不認為孫守義這一方會付出太大的代價來做交換。

呂紀說：「我也無需他們付出太大的代價，只需要他們支持你出任東海省常務副省長就行了。老曲，這是我能幫你做的最後一件事了。」

原來呂紀是想到了曲煒的未來職務了。

雖然有田副部長的支持，曲煒各方面的條件也很不錯，但是高層沒有立即確定由他來接任東海省的常務副省長，這顯出了田副部長在高層那裏影響力的單薄。因此呂紀想調動趙老那批人，讓這幫人出來支持曲煒，好讓曲煒能夠順利接任東海省的常務副省長。作為回報，呂紀會支持孫守義成為海川市的市委書記。雙方各取所需，達到利益的最大化。

曲煒不禁感激地說：「呂書記，謝謝您這麼為我著想。」

呂紀搖搖頭，說：「我不僅僅是為了你，也是為我自己著想，我離開東海後，原來跟我的那些人就要麻煩你幫我照顧一下了。」

曲煒依依不捨地說：「您確定還是要離開東海省嗎？」

呂紀點點頭，嘆了口氣說：「我一定會離開的，上面之所以遲遲沒有公佈，是因為高層還沒選擇好東海省省委書記，所以才延宕下來。鄧子峰這個人選被我給破壞了，新的省委書記就難產了。不過，我看也不會拖得很久，所以我在東海省的日子屈指可數了。誒，老曲，有件事我想問你一下，你私下找過許開田嗎？」

曲煒搖搖頭說：「沒有啊，怎麼了？」

「沒有嗎？」呂紀奇怪地說：「那就怪了，既然你沒找過許開田，為什麼許開田會那麼大力的支持傅華呢？我還以為你找過他呢。」

曲煒說：「我沒有找過他。他會支持傅華我也很納悶，因為傅華從來沒在我面前說過他跟許開田的關係不錯。」

呂紀笑了一下，說：「不管什麼原因了，反正在我離開東海省之前，傅華能恢復職務也算是件好事，這樣我去北京見了那些老領導也好交代些。」

省紀委關於撤銷傅華的免職決定的裁決書發到了海川市紀委，紀委書記陳昌榮就拿著裁決書去找到孫守義，問孫守義要如何處理這件事。

孫守義看了看裁決書，心裏雖然彆扭，但是也知道無法阻擋傅華的復職了。既然這樣，不如做得大方一點，就說：「這還猶豫什麼啊，難道我們能夠不執行省紀委的裁決嗎？其實這件事主要是金書記非要這麼搞，當初做這個決定確實是有問題的。」

孫守義接著說道：「你們通知一下傅華吧，讓他恢復駐京辦主任的職務，趕緊回駐京辦上班，話說羅雨主持的這段時間，駐京辦很多事情都停滯不前，也需要傅華趕緊回來把這些工作追上進度一下了。」

陳昌榮說：「好，我會通知傅華的。」陳昌榮就銜命而去。

孫守義不禁替金達不值，金達費盡心機才把傅華的駐京辦主任給免掉，但現在傅華毫髮未損的依舊回來做他的駐京辦主任，而金達卻是躺在病床上，連動一下都困難。

不過傅華，你也別囂張，適當的時候，我會將你趕出駐京辦的。孫守義暗自下了決心，等他成為海川市市委書記之後，一定要儘快把傅華從駐京辦趕走。

金達的事給了他足夠的警訊，傅華這種不拿領導當回事的下屬很危險，是隨時都能把領導給掀翻的，把他留在身邊，睡覺都睡不安穩。

接到陳昌榮電話時，傅華還在家中沒起床呢。

他一邊按下接聽鍵，一邊打著哈欠說：「陳書記，什麼事讓您這麼早就打電話來啊，話說我還沒起床呢。」

陳昌榮詫異地說：「這還早啊，都快十點鐘了，你可真夠懶的，這時候還不起床。」

傅華笑說：「我現在是賦閒在家，起床也沒什麼事做，還不如多睡會兒覺呢。」

陳昌榮說：「行了，別睡了，跟你說一聲，省紀委已經撤銷你的免職決定，現在開始，你又是海川市駐京辦主任了。」

傅華並不意外，省紀委撤銷他的免職決定他早就知道了，他現在關心的是市裏對這件事的態度。他不知道孫守義和其他市領導班子對這件事是怎麼看的，尤其是孫守義的態度，這個曾經跟金達聯手整他的傢伙，心情一定是很耐人尋味的。

傅華再次確認說：「陳書記，就這麼簡單嗎？一句話我就可以回去上班了？」

陳昌榮笑說：「不然你還想怎樣啊？」

傅華有些諷刺地說：「撤銷是省裏的裁定，市裏面總有個態度吧？當初我被免職，可是有人專門跟我做免職談話的。」

陳昌榮說：「市裏面當然有態度了，孫市長說這件事當初是金書記決定的，確實存在問題，應該予以糾正。還說駐京辦的工作最近有點停滯不前，讓你趕緊回去提振一下。」

傅華笑了，孫守義這話說的輕巧，似乎事情都是金達搞出來的，他孫守義什麼問題都沒有，還真是推得一乾二淨啊。另一方面，傅華也感覺到孫守義對他已經有了芥蒂，以往孫守義一定會親自打電話來，但這次孫守義卻是讓陳昌榮通知他，這說明孫守義對他開始疏遠了。

傅華說：「行，陳書記，既然市裏是這個態度，那我就儘快回去上班就是了。」

陳昌榮催促說：「別儘快了，今天就回去吧，駐京辦那邊我已經通知他們了。」

傅華笑笑說：「您總得給我一天時間調整一下吧，這些日子我閒散慣了，不調整一下不行。我明天正式復職好了。」

陳昌榮說：「行，那就明天。」

陳昌榮收了線，傅華把手機扔在一邊，繼續睡他的大頭覺。

就像他知道金達中風後並不感到內疚一樣，他也沒為復職的事感到有多欣喜。歷經這麼多次折騰，他對這些看淡了很多。

一直睡到中午傅華才起床，正想到餐廳吃飯，這時手機響了起來，看看是胡瑜非的號碼，就接通了，說：「胡叔，找我有事啊？」

胡瑜非笑笑說：「在幹嘛呢？」

傅華不好意思地說：「沒幹嘛，剛剛起床。」

胡瑜非說：「傅華，你這樣就不應該了吧？」

傅華愣了一下說：「胡叔，我做錯什麼了嗎？」

胡瑜非笑說：「不是你做錯了什麼，而是你這傢伙太不負責任了，你不是答應我可以幫東強參謀參謀灌裝廠選址的事嗎？你在家睡大覺就可以參謀了嗎？」

傅華聽了笑說：「胡叔，這您可就怪錯我了，我是想多給東強一些空間，讓他自己去發揮能力，所以在他沒找我的前提下，我也沒主動說要參與這件事。」

胡瑜非挖苦說：「話說的可真好聽啊，多給他一些發揮空間，你這根本就是逃避責任嘛。」

傅華說：「胡叔，您這麼說，不會是東強出什麼問題了吧？」

胡瑜非說：「那倒沒有，只是東強帶著這幫人一直也沒選到一個合適的地方。誒，你還沒吃飯吧？」

傅華說：「還沒。」

胡瑜非說：「那過來我這裏吃吧，順便談一下灌裝廠選址的事。」

「行，您等我，我馬上就過去。」

請續看《權錢對決》3　越描越黑

權錢對決 二 十億富豪

作者：姜遠方
發行人：陳曉林
出版所：風雲時代出版股份有限公司
地址：105台北市民生東路五段178號7樓之3
風雲書網：http://www.eastbooks.com.tw
官方部落格：http://eastbooks.pixnet.net/blog
Facebook：http://www.facebook.com/h7560949
信箱：h7560949@ms15.hinet.net
郵撥帳號：12043291
服務專線：(02)27560949
傳真專線：(02)27653799
執行主編：朱墨菲
美術編輯：許惠芳

法律顧問：永然法律事務所 李永然律師
　　　　　北辰著作權事務所 蕭雄淋律師

版權授權：蔡雷平
初版日期：2017年1月
初版二刷：2017年1月20日
ISBN ：978-986-352-406-9

總 經 銷：成信文化事業股份有限公司
地　　址：新北市新店區中正路四維巷二弄2號4樓
電　　話：(02)2219-2080

行政院新聞局局版台業字第3595號 營利事業統一編號22759935

定價 ：280元　　特惠價 ：199 元　

國家圖書館出版品預行編目資料

權錢對決 ／ 姜遠方 著. -- 初版. -- 臺北市：
風雲時代，2016.11-　冊；公分

ISBN 978-986-352-406-9（第2冊；平裝）

857.7　　　　　　　　105019530